Zwischen Vergangenheit und Liebe

Von Aurora Roth

Buchbeschreibung:

Wie Treibgut stranden die chaotische Ruby, die alleinerziehende Sina und die einsame Frau Grünenthal im Kölner Westen, wo sie sich zu einer perfekt funktionierenden Hausgemeinschaft zusammenraufen.

Doch kaskadenartig aufeinanderfolgende Ereignisse drohen Rubys Existenz zu zerstören. Als sie praktisch vor dem Nichts steht, stellt Starkoch Simon Pütz sie als Servicekraft in seinem Restaurant ein.

Irritiert bemerkt sie, dass sie sich zu ihm hingezogen fühlt, und auch sie scheint ihn nicht kalt zu lassen.

Doch nach einem schicksalhaften Ereignis in ihrer Jugend, fällt es Ruby schwer, jemandem zu vertrauen.

Gibt sie ihrer Sehnsucht nach und lässt sich dennoch auf den Kölner Promikoch ein?

Ist Simon aufrichtig oder verfolgt er eigene Ziele?

Über den Autor:

Aurora Roth verschlang schon als Kind alle ihr zugänglichen Bücher, und insbesondere die in den oberen Fächern des elterlichen Bücherregals untergebrachten Krimis hatten es ihr angetan.

Beruflich verirrte sie sich in die Medizin. Als medizinische Technologin für Laboratoriumsanalytik arbeitet sie in der Blutbank einer Universitätsklinik.

Mit ihrem Mann lebt sie in Wassenberg am wunderschönen Niederrhein zwischen Maas und Rhein. Dort schreibt sie in jeder verfügbaren Minute spannende Geschichten und Erzählungen, so hat sie unter dem Pseudonym J.J. Eater diverse Krimis verfasst und im Selbstverlag veröffentlicht.

Zwischen Vergangenheit und Liebe

Roman

von Aurora Roth

Verlag: BoD • Books on Demand
GmbH, In de Tarpen 42, 22848
Norderstedt
Druck: Libri Plureos GmbH,
Friedensallee 273, 22763 Hamburg
ISBN: 978-3-7583-6927-8

1. Auflage 2024
https://aurorarothromance.com
Aurora_Roth_Roman@t-online.de

Liebe Leser:innen,

dieses Buch enthält Elemente die Triggern können. Deshalb befindet sich auf der letzten Seite des Buches eine Triggerwarnung.

Ich wünsche mir für euch das bestmögliche Leseerlebnis.

Eure Aurora

Kapitel 1

Dicke Tropfen klatschen mir auf die Stirn, als ich das Haus verlasse und auf den Bürgersteig trete. Auch das noch. Kölner Schmuddelwetter, im Frühling. Ich hebe den Rucksack als Regenschutz über meinen Kopf und haste den Gehsteig entlang. Plötzlich baut Simon sich vor mir auf und versperrt mir den Weg. Das hat mir gerade noch gefehlt. Die bloße Anwesenheit dieses Aufreißers bringt meinen Puls zum Kochen. Er trägt eine Tafel, auf der sie normalerweise die Tagesgerichte des Simons präsentieren. Heute steht in geschwungener Handschrift ***Servicekraft gesucht*** darauf.

„Wieder jemanden vergrault?", frage ich und winde mich an der Tafel vorbei. Sein Geruch steigt mir in die Nase, eine Mischung aus Pinienwald und salziger Meeresluft. Ich schließe kurz die Augen und spüre sofort den Sommer auf meiner Haut. Hastig verbanne ich den Gedanken aus dem Kopf. In seiner Gegenwart will ich mich nicht so fühlen. Ich weiß nicht warum, aber er reizt mich bis aufs Blut, und eine solche

Gelegenheit, ihm verbal eins auszuwischen, lasse ich mir nicht entgehen.

Er lehnt die Tafel an die Restaurantwand und hebt den Kopf. Gelassen sieht er mich an. „Das ist doch eher deine Spezialität!" Seine Mundwinkel zucken vergnügt.

„Was soll das heißen?" Schon bin ich auf hundertachtzig und ärgere mich darüber, dass Simon mir derart unter die Haut geht. Mir wäre lieber, der Typ ließe mich kalt.

„Deine letzte Beziehung zu einem menschlichen Wesen hat genau wie lange gedauert?" Theatralisch zucken seine Augenbrauen.

„Du kannst mich mal!", stoße ich hervor.

Sein Blick fliegt zu meinem Mund. „Ist das ein Angebot?" Er leckt sich über die Lippen.

Mein Herz beginnt wild zu schlagen. Jedes Mal wenn ich ihn sehe, treibt der Kerl mich in den Wahnsinn.

„Eins deiner Groupies ist dir sicher zu gern behilflich, falls du Druck ablassen musst!" Ich spitze die Lippen und werfe ihm einen Handkuss mit einem übertriebenen Schmatzen zu, der Heidi Klums in nichts nachsteht, wenn sie ihren *Mädchen* einen angedeuteten Wangenkuss verpasst.

Simon verengt die Augen und sieht mir nach, die Lippen zu einer dünnen Linie gepresst, als ich mich abwende und den Weg fortsetze. Erst jetzt spüre ich den Regen wieder, wie er unablässig den zarten Stoff meiner Bluse durchnässt.

Seinen bohrenden Blick im Rücken steige ich in meinen Wagen. Aber ich werde mich nicht zu ihm umdrehen und ihm eine Grimasse schneiden. Ich muss mich beherrschen und meine Gefühle unter Kontrolle bringen. Konzentriert stecke ich den Schlüssel in das Zündschloss des pinken Panda, dessen Rostflecken zugegebenermaßen überwiegen, drehe ihn bis zum Anschlag und stoße Luft zwischen den zusammengebissenen Zähnen aus. Außer eines kraftlosen Rülpsens bleibt der Motor stumm. Erneut drehe ich den Zündschlüssel, drücke das Gaspedal in den Fußraum. Mein schnuckeliger Panda stottert müde und erstirbt. „Shit!“, brülle ich und haue mit der flachen Hand auf das Lenkrad. Ein Feuer schießt in mein Handgelenk und ich heule auf. Der Schmerz versiegt schnell bei der Vorstellung, „Madame“ gegenüberzutreten und ihr zu erklären, warum ich schon wieder zu spät komme. Ich ziehe den Schlüssel aus dem Schloss, würge mich aus der engen Kabine des Fahrzeugs, das ich im Geiste auf einem Schrottplatz zu Grabe trage, und werfe die Tür zu. Frustriert wende ich mich um und begegne Simons Grinsen. Die Flamme, die ich eben noch zu einer Winzigkeit heruntergefahren glaubte, lodert auf.

„Probleme?“, fragt er.

Warum hält der nicht seine Klappe? Es ist kompliziert genug, ohne dass ein Besserwisser, wie er, ständig mein Leben kommentiert. „Nichts, was dich etwas anginge!“, raune ich im Vorbeihasten und überlege, wann die nächste Bahn fährt. In sieben Minuten. Wenn ich mich beeile, erwische ich sie.

„Ich helfe dir", bietet er an.

Ich scanne seinen Tonfall auf Sarkasmus, entdecke aber keinen. Trotzdem traue ich ihm nicht. „Nein, danke! Ich schaffe das allein."

Er schneidet mir den Weg ab, so dass ich stehen bleiben muss, und zu ihm aufschaue.

„Es ist keine Schande, um Hilfe zu bitten", sagt er leise und sieht mich eindringlich an.

Ist das eine Masche oder sowas? Kriegt er so seine Groupies ins Bett? „Falls ich jemals die Hilfe eines syphiliskranken Schwerenöters brauche, erschieße ich mich! Meine Kerbe landet nicht in deinem Baum. Das ist ein Versprechen!"

Simon zuckt zurück.

Deutlich erkenne ich, dass die Worte ihn getroffen haben. Mein Herz zieht sich zusammen. Eines Tages bringt mich meine große Klappe in Schwierigkeiten. Ich nutze seine Sprachlosigkeit, schlüpfe an ihm vorbei und haste zur Bahnhaltestelle. Die Türen schließen sich bereits, als ich mich hinein winde. Atemlos falle ich in einen Sitz und schaue aus dem Fenster. Als wir am Simons vorbeifahren, steht er immer noch da und starrt mir hinterher. Mein Hals wird eng. Ich weiß, dass ich ihn verletzt habe. Auch wenn ich ihn nicht ausstehen kann, könnte ich wenigstens höflich und nett mit ihm umgehen. Aber bei jedem Aufeinandertreffen vergesse ich meine gute Kinderstube und dann eskaliert es.

Kapitel 2

Vor dem Buchladen begutachtet ein Vater mit seiner kleinen Tochter die Kinderbücher in der Auslage, geschützt vor dem Regen unter einer Markise. Ich schlüpfe an ihnen vorbei. Ein Schwall Wasser platscht mir auf den Kopf und läuft mir in den Nacken. Es ist eiskalt, und ich bekomme eine Gänsehaut, obwohl es draußen sechzehn Grad sind. In der Hoffnung, dass keiner mitbekommen hat, dass ich spät dran bin, husche ich in den Laden. Ein Blick auf meine Armbanduhr verrät mir, dass ich eine dreiviertel Stunde zu spät bin. Fuck! Geduckt hetze ich um die Tische im Eingangsbereich herum, auf denen sich die vielversprechenden Neuerscheinungen türmen, und suche Deckung zwischen den Regalen. Unvermittelt baut Madame sich vor mir auf und kneift die Augen zusammen. Demonstrativ hebt sie ihr linkes Handgelenk, schiebt den Blusenärmel den Unterarm hinauf und sieht auf ihre Armbanduhr mit dem winzigen Zifffernblatt. „Wo kommst du jetzt her?" Ihre rechte Augenbraue springt an den Haaransatz.

Ich habe ihr nie erlaubt, mich zu duzen, die Genehmigung hat sie anscheinend nicht nötig. „Mein Auto …!"

„Wie viele denn noch?" Sie legt den Handrücken an ihre Stirn und seufzt theatralisch.

Verständnislos sehe ich sie an.

„Ausreden!“, beantwortet sie meine nie gestellte Frage und schiebt sich unwirsch mit einer manikürten, rotlackierten Kralle eine ungehorsame Strähne zurück auf die Stirn.

Ich verstehe immer noch nicht. „Wie bitte?“, frage ich und fühle mich, als habe mich der Lehrer in der Schule aufgerufen, an die Tafel zu kommen, weil er genau weiß, dass ich unaufmerksam war und die Aufgabe vor den Augen der Mitschüler nicht werde lösen können. Ich laufe rot an.

Abermals seufzt sie dramatisch, als sei bei mir Hopfen und Malz verloren. „Wie viele Ausreden muss ich mir noch von dir anhören?“

Der Vater betritt mit der Tochter an der Hand den Laden, an dem ich an der Auslage draußen unter der Markise vorbeigehuscht bin, und sieht sich zu uns um. Andere Ladenbesucher werden auf uns aufmerksam, bleiben stehen und gaffen. Sonst haben die Leute nie Zeit, beispielsweise, wenn sie an der Kasse warten. Sobald jemand in Not gerät, passt Glotzen ins Zeitmanagement. Am liebsten würde ich mich um die eigene Achse drehen und *Haut ab!* schreien, aber dann kriege ich garantiert meine Papiere.

„So läuft das nicht, Ruby!“, sagt Madame jetzt sanfter. Vielleicht ist doch noch nicht alles verloren.

Eigentlich heißt sie Elisabeth Schindler. Aber ich nenne sie Madame, weil sie stets perfekt gestylt durch die Buchhandlung saust, und ein strenges Regiment führt wie eine Balletttrainerin.

„Ich weiß!" Ich nicke verständnisvoll. Natürlich weiß ich das. Ich nehme mir immer vor, pünktlich zu sein, aber dauernd kommt etwas dazwischen. Beim letzten Mal habe ich das Portemonnaie vergessen. Davor war ich bereits am Auto und habe bemerkt, dass ich keinen Autoschlüssel eingesteckt habe. „Mein Wagen ist nicht angesprungen!", flüstere ich.

„Du hast immer einen anderen Grund. Ich kann mich nicht auf dich verlassen!"

Ich schlucke und mein Hals wird eng. „Beim nächsten Mal komme ich pünktlich! Ver....." Mein Blick wirbelt von einem dunkel verfärbten Kaugummi auf dem Boden zu ihrem Gesicht.

„Was? Versprochen?" Sie stößt ein sarkastisches Lachen aus, das sich in meinen Ohren ein wenig hysterisch anhört.

„Bitte, Frau Schindler. Ich hänge die Zeit hinten dran, die ich zu spät gekommen bin!"

„Nach Ladenschluss? Was sollte ich dann für dich zu tun haben? Die Buchhaltung?" Spöttisch zieht sie eine Augenbraue hoch.

„Ich dachte mehr daran, Kartons ... auszupacken?", frage ich schwach.

Frau Schindler lässt den Blick schweifen. „Siehst du hier irgendwelche Kartons?"

Ich schüttele den Kopf und schlucke trocken. „Im Lager?"

„Die haben deine Kollegen in der Zeit ausgepackt, in der du unterwegs warst, Gott weiß wohin."

Mein Mut sinkt ins Bodenlose, und ich lasse den Kopf hängen. Egal, was ich ihr anbiete, sie lehnt es ab. Aber sie muss doch bemerken, wie verzweifelt ich versuche, das wieder in Ordnung zu bringen.

„Es tut mir leid Ruby! Aber so geht das nicht! Ich kann dich nicht weiter hier beschäftigen!"

Mir steigen Tränen in die Augen und ich bin mir der Blicke bewusst, die auf mich gerichtet sind. Aber so weit lasse ich mich nicht erniedrigen, dass ich vor allen Leuten anfange zu weinen. Erst recht nicht vor der alten Hexe.

„Komm mit!", sagt sie, dreht sich um und geht voran. Betreten folge ich ihr, halte den Blick gesenkt. Wenn ich in ein einziges mitleidiges Gesicht schaue, fange ich an zu heulen. Wie ungerecht das ist! Sie weiß genau, wie dringend ich den Job brauche. Ohne ihn kann ich einpacken. Ich bin mit der Miete im Rückstand, der Wagen ist schon wieder kaputt. Niedergeschlagen starre ich auf die Fersen ihrer goldenen Pumps. Die Lage ist aussichtslos. Mein Vater kommt mir in den Sinn. Natürlich könnte ich ihn um Geld bitten. Er würde es mir ohne mit der Wimper zu zucken geben. Aber zu welchem Preis? Allein bei dem Gedanken daran wird mein Hals eng und ich kann kaum noch atmen. Madame öffnet vor mir die Tür zu ihrem Büro und lässt mich eintreten. Ihr Gesicht verschwimmt vor meinen Augen. Ich räuspere mich und nehme einen tiefen Atemzug. Sie folgt mir

in den Raum und tritt hinter den Schreibtisch. Es liegt
eine Mappe darauf bereit, die sie aufschlägt.

Sie hebt einige Blätter heraus und händigt sie mir aus.
„Ich wünsche dir für deine Zukunft alles Gute." Zum
Abschied reicht sie mir die Hand.

Ich ignoriere sie und ohne ein Wort drehe ich mich um
und verschwinde aus dem Büro. Die Papiere halte ich
zwischen zwei Fingerspitzen als seien sie infektiös.
Den Blick zu Boden gerichtet haste ich durch die
Buchreihen aus dem Laden, doch ehe ich ihn verlasse,
höre ich Isabell an der Kasse zu jemandem sagen:
„Wurde auch Zeit, dass Frau Schindler sie raus-
schmeißt!"

Mit Daumen und Zeigefinger drücke ich in meinen
Augenwinkeln die Tränen zurück und renne zur Straßenbahnhaltestelle.

Mit *Shit* beginnt die Messenger-Nachricht, die ich
Lilly schicke. Knapp berichte ich ihr, was geschehen
ist, und sage die Verabredung für heute mit ihr ab.

Neben mir kommt die Straßenbahn quietschend zum
Stehen. Ich springe hinein, will nach Hause in mein
Bett und mir die Decke über den Kopf ziehen, die
Augen zukneifen und die Welt ausblenden. Die
Papiere von Madame zerknülle ich zu einer festen
Kugel, stopfe sie in den Rucksack und starre mutlos
aus dem Fenster.

Kapitel 3

Kraftlos lasse ich den Rucksack im Flur auf den Boden fallen, schlurfe ins Schlafzimmer und sinke auf mein Bett. Ich ziehe die Decke über den Kopf und schließe die Augen. Das ist so unfair! Tapfer habe ich in der Buchhandlung die Tränen zurückgehalten, doch nun laufen sie ungehindert über mein Gesicht. Ich schluchze laut auf, und das Bett vibriert. Der Großteil meiner Kommilitonen wird von deren Eltern gesponsert. Sie fahren in ihrem Mini an der Uni vor, tragen die neuesten, angesagtesten Klamotten und halten Hof bei ihrer Clique. Um ihren Lebensunterhalt zu bestreiten, krümmen sie keinen Finger und konzentrieren sich ausschließlich auf das Studium, fahren Bestnoten ein und betätigen sich erfolgreich nebenher als Influencer. Blind taste ich auf einer hochkant aufgestellten Holzkiste, meinem improvisierten Nachttisch, nach einem gebrauchten Papiertaschentuch. Ich stelle mir eine von ihnen vor. Blonde lange Haare, manikürte Fingernägel. Wie erginge es ihr wohl, falls sie in die gleiche Situation geriete wie ich? Sie würde in ihren roten Mini steigen, zu Mommy und Daddy fahren, beichten, was geschehen ist, ihr eigenes Scheitern herunterspielen und sich tröstend in den Arm nehmen lassen. Daddy ließe seine Kontakte spielen, Frau Schindler kassierte einen Anpfiff und sie würde Blondi auf Knien anflehen, zurückzukommen. Aber

Blondi würde Madame die kalte Schulter zeigen und sich lieber die Unterhaltszahlungen von Daddy aufstocken lassen.

Ich habe keine Mutter mehr!

Mama ist tot!

Alles, was mir bleibt, ist ein kalter grauer Grabstein auf dem Melatenfriedhof.

Gewöhnlich sonntags fahre ich dorthin und vertraue ihm all meine Sorgen und Nöte an. Manchmal schreie ich ihn an oder heule ihn nass. Mein Vater hat zwar die nötigen Beziehungen und die Kohle, um das von mir fantasierte Szenario umzusetzen, aber ich bin fertig mit ihm. Er ist der letzte Mensch auf Erden, den ich um Hilfe bitten werde.

Es klingelt an meiner Wohnungstür. Erst jetzt wird mir bewusst, wie still es im Haus ist. Normalerweise höre ich Frau Grünenthal und Alea in der Wohnung über mir. Kindergetrappel auf altem Dielenboden, Aleas Lachen und Frau Grünenthals Ermahnungen. Vermutlich hat Alea eine Verabredung mit einer Klassenkameradin, und deswegen ist es so still.

Es klingelt abermals. Diesmal länger und eindringlicher, etwas bollert gegen die Tür.

„Ruby! Ich weiß, dass du da bist. Mach die Tür auf!"

Lilly!

Mir ist nicht nach Besuch, aber ich kenne Lilly. Ausgestattet mit einem siebten Sinn, wenn es mir nicht gut geht wird sie penetrant an der Tür randalieren, bis sie in die Wohnung eingelassen wird und in Erfahrung gebracht hat, was los ist.

Schwerfällig krieche ich aus dem Bett. „Ist ja schon gut! Komme ja schon!" Ich öffne die Tür und Lilly sieht mich ernst an. „Was ist passiert?"

„Nichts weiter", murmele ich kaum hörbar.

„Das sehe ich." Sie schwenkt eine Tafel Schokolade vor meiner Nase. „Seelentröster?", fragt sie und wackelt mit der rechten Augenbraue. Noch im Gehen packt sie die Tafel aus, bricht einen Riegel ab und reicht ihn mir. Ich beiße ein Stück ab. Mmh! Noisette! Gleich geht es mir etwas besser.

„Was ist los?" Lilly lässt nicht locker.

„Frau Schindler hat mich rausgeschmissen", rücke ich widerstrebend mit der Sprache raus.

„Shit!", stöhnt sie.

„Du sagst es!" Ich beiße erneut in den Riegel und lasse die Schokolade auf meiner Zunge schmelzen.

„Und jetzt?", will sie wissen.

„Ich habe keine Ahnung", flüstere ich.

„Du willst doch nicht aufgeben?", fragt sie herausfordernd und stemmt die Fäuste in die Hüften.

Ich zucke ratlos mit den Achseln. „Ich weiß es nicht!"

„Um dann unter Papas Fittiche zu kriechen?" Ihre Stimme trieft vor Sarkasmus. „Du weißt genau, das geht gar nicht!"

„Hast du eine bessere Idee?" Resigniert lasse ich die Arme fallen.

Sie bricht einen weiteren Riegel Schokolade ab und reicht ihn mir. Die tröstende Wirkung setzt ein, sobald die Schokolade meine Zunge berührt und schmilzt. Von dort gelangt sie ungehindert in die Blutbahn und ins Gehirn. Ich frage mich, ob dazu schon mal jemand eine Studie durchgeführt hat.

„Die hab ich in der Tat!", sagt Lilly.

Ich kann ihr nicht folgen, weil ich mit den Gedanken woanders bin. Verständnislos sehe ich sie an.

„Ich hab die Lösung für dich!" Sie strahlt mich an, und ich weiß, die Sache hat einen Haken. Misstrauisch ziehe ich die Augenbrauen zusammen.

„Guck mich nicht so an. Das wird genial!"

„Wenn du die Sache so anpreist, stimmt etwas nicht damit."

„Du bist immer so negativ!" Theatralisch massiert sie sich mit einer Hand die Stirn.

„Ich bin nicht negativ und erst recht nicht naiv." Ich verziehe den Mund wie ein schmollendes Kind.

„Bereit für die Bombenidee?" Sie lässt die Hand sinken und setzt ihr strahlendstes Lächeln auf.

„Geht so", murre ich. Je breiter ihr Grinsen, desto größer meine Skepsis.

Lilly ignoriert den Einwand. „Im Simons suchen sie eine Aushilfe im Service."

„Ich wusste, dass es was Unanständiges ist", kommentiere ich trocken.

„Es ist durch und durch anständig und Simon zahlt überdurchschnittlich gut“, erklärt sie wie eine Lehrerin die Textaufgabe an der Tafel.

„Schmerzensgeld“, flutscht es mir über die Lippen.

Lilly sieht mich irritiert an.

Ich zucke die Achseln. „Man muss während der ganzen Arbeitszeit ertragen, wie die Groupies ihn anhimmeln.“ Unter ihrem strengen Blick habe ich das Gefühl, mich rechtfertigen zu müssen.

„Eifersüchtig?“ Sie hebt das Kinn und mustert mich erschreckend genau.

„Gott bewahre!“ Ich weiche ihrem Blick aus.

„Dann kannst du ja den Vorstellungstermin wahrnehmen, den ich für dich morgen vereinbart habe.“

Mein Blick zuckt zu ihr. Unschuldig sieht sie mich an.

„Ich habe Vorlesung!“ Ein lahmer Versuch, aus der Nummer heraus zu kommen.

„Keine Ausreden! Dir steht das Wasser bis zum Hals. Wenn du deinen Vater nicht um Hilfe bitten willst, geh zu dem Termin.“ Sie drückt mir die Tafel Schokolade in die Hand und wendet sich zur Tür.

„Na wunderbar! Pest oder Cholera! Was ist mir lieber?“ Dramatisch drücke ich mir die Schokolade an die Brust.

„Deine Entscheidung“ Sie dreht sich noch einmal zu mir um. „Die Groupies jedenfalls wirst du kaum bemerken. Du wirst zu beschäftigt sein.“

Kapitel 4

Um dieses Vorstellungsgespräch zu führen, schwänze ich die Vorlesung. Ich brauche den Job. Dringend! Als mittellose Germanistikstudentin, ohne Hoffnung auf einen plötzlichen Geldstrom, Goldschatz oder Lottogewinn. Mir bleibt nichts anderes übrig, als das hier zu tun. Ich kette mein Fahrrad an einen Laternenmast vor dem Restaurant und richte mich auf, um die goldenen Buchstaben auf schwarzem Grund zu betrachten. Simons steht dort in geschwungener Schrift. Narzisstischer geht es kaum.

Ich träume davon, einen Bestseller zu schreiben, der dafür sorgt, dass sich meine Geldsorgen in Luft auflösen. Sitze ich vor der leeren Seite, fällt mir kein Wort ein, das ich zu Papier bringen kann. Geschweige denn ganze Sätze, die sich zu einem spannungsaufbauenden Plot zusammenfügen und Leser an die von mir erdachte Handlung fesseln. Obwohl ich an der Uni alle angebotenen Kurse für kreatives Schreiben absolviert habe. Mir bleibt keine Wahl.

Angewidert löse ich mich von dem Schriftzug und gehe auf den Eingang zu. Ich greife nach dem vergoldeten Griff der Eingangstür und ziehe. Nichts geschieht. Ich stemme beide Handballen dagegen. Vielleicht geht sie ja nach innen auf? Die Tür verharrt im Schloss. Mist! Ich schaue auf die Uhr. Habe ich mich in der Zeit geirrt? Nein. Es ist Punkt zwölf.

Abermals zerre ich an dem goldenen Knauf. Die Tür bewegt sich nicht. Ich nähere mich dem Glas, lege eine Hand über meine Augen, um sie abzuschirmen, und schaue hinein. Eine großgewachsene Gestalt, sehr schlank, schlängelt sich zwischen den Tischen hindurch. Ich klopfe an die Scheibe. Sie bemerkt mich und steuert auf mich zu. Im Zeitlupentempo schließt sie die Tür auf und hebt fragend eine Augenbraue.

„Ich wurde zum Vorstellungsgespräch herbestellt“, sage ich und atme hektisch.

„Die Angestellten kommen nie durch den Vordereingang“, belehrt sie mich und ihr Blick gleitet missbilligend über meinen Körper.

Danke für die Info, aber noch bin ich nicht angeheuert, liegt mir auf der Zunge, verkneife mir jedoch den Kommentar. Ich will nicht als aufmüpfiger Besserwisser rüberkommen, falls ich doch die Stelle ergattere. Sie schiebt mit einem rotlackierten Fingernagel ihre dunklen Locken hinter die Ohren, bedeutet mir, ihr zu folgen, und führt mich durch den Gastraum. Neugierig sehe ich mich um, dabei streift mein Blick die Gestalt, die vor mir hergeht. Schlank mit einem Hintern in Herzform in der engen Jeans. Sofort bin ich neidisch.

Der rote Blusenstoff raschelt, als sie den Arm ausstreckt und eine Tür öffnet. „Das Vorstellungsgespräch ist da“, haucht sie in den angrenzenden Raum hinein.

Es gefällt mir nicht, objektiviert zu werden, aber ich traue mich nicht etwas zu sagen. Stattdessen schlüpfe ich an ihr vorbei durch die Tür in ein Büro.

Er steht mit dem Rücken zu mir. Ausgewaschene Jeans und ein weißes T-Shirt, das sich eng an seine ausgeprägte Rückenmuskulatur schmiegt. Mein Mund ist trocken und ich bin wütend, ohne zu wissen warum.

„Setz dich!" Es klingt eher wie ein Befehl, als nach einer Bitte.

„Mit Umgangsformen hast du es nicht so, oder?", stelle ich fest und beiße mir auf die Zunge. Ich bin hier in einem Vorstellungsgespräch zu einem Job, den ich zum Überleben brauche. Unverschämtheiten wie diese sollte ich lieber hinunterschlucken und mir auf die Zunge beißen, statt sie laut auszusprechen.

„Das ist wohl nicht deine Stärke, oder?", erwidert er gelassen.

„Wovon sprichst du?" Sprechen wir vom Job? Hat Lilly ihm nicht erzählt, dass ich noch nie ...? Irritiert starre ich ihn an.

„Erst zu denken und dann zu reden." Er dreht sich zu mir herum und kommt auf mich zu.

Fasziniert beobachte ich das Spiel seiner Muskeln, während er sich bewegt. Er hat etwas Lauerndes an sich, wie ein Raubtier auf Beutezug. Ich reiße mich von dem Anblick los und suche mir einen Punkt auf dem unordentlichen Schreibtisch, den ich fixiere.

Unmittelbar neben mir bleibt er stehen. „Du willst also für mich arbeiten?", fragt er.

Von Wollen kann keine Rede sein, verkneife ich mir. Seine Nähe macht mich nervös und sein Geruch nach Pinienwald und Sommer erschwert es mir, mich zu konzentrieren. Ich zügele meine Phantasie und antworte: „Ihr sucht jemanden und ich brauche einen Job."

„Hast du schon mal im Service gearbeitet?", erkundigt er sich.

Ich schüttele den Kopf. Mein Mut sinkt. Ist das jetzt ein Auschlusskriterium? Ich sehe ihn an. Er steht so dicht neben mir, dass ich jede Sommersprosse auf seiner Nase erkenne. Mein Herzschlag beschleunigt sich. „Ich bin mir sicher, ich lerne es in Höchstgeschwindigkeit."

„Hoffentlich ist das schnell genug. Allerdings ist das nicht die Frage." Er mustert mich, wie eine faule Zitrone und wägt ab, ob ich noch zu verwenden bin oder eher in den Kompost gehöre. „Du wirst Probearbeiten. Heute Abend."

„Ist heute nicht Ruhetag?", hake ich irritiert nach.

„Eben."

*

Nach stundenlangem Input raucht mir der Schädel und ich hocke müde und hungrig auf einem Stuhl neben der Bar. Ich beobachte, wie Simon die hinreißende Brünette in den Arm nimmt und sie ihren herzförmigen Hintern schaukelt. Unwillen wandelt sich zu verhaltener Wut in meiner Brust. Der hält sich wohl für unwiderstehlich und hat die Vorstellung, die Frauen liegen ihm reihenweise zu Füßen. Lautlos schnaube ich. Er hat die obersten Knöpfe seines Hemdes geöffnet. Angewidert starre ich auf die Kuhle unterhalb des Kehlkopfes, wo die beiden Schlüsselbeine zusammenlaufen. Wie ist es wohl den Finger dort hineinzulegen und die Konturen mit der Fingerkuppe nachzuzeichnen? Ich kneife die Beine zusammen, wiege die Hüften hin und her, um das pulsierende Gefühl dazwischen loszuwerden. Ein lautes Räuspern reißt mich aus meinen erregenden Gedanken, mein Blick schießt in die Höhe und kollidiert mit seinem. Das Glühen meiner Wangen wird intensiver, als ich das unverschämte Grinsen bemerke, das an seinen Mundwinkeln zuckt, und meine Nervosität verwandelt sich wieder in Wut. Ich fahre herum, schnappe mir das Geschirrtuch von der Spüle und beginne die Rotweinkelche zu polieren, die in Reih und Glied darauf warten zu Glanz gebracht und an ihren Platz hinter der Bar geräumt zu werden. Ich konzentriere mich auf meine Arbeit und reibe so fest, dass der Stoff auf dem Glas quietscht. Trotzdem will das Pulsieren nicht verschwinden. Immer noch atme ich viel zu schnell und das Brennen meiner Wangen hält an, weil ich mir etliches Unanständige zusammenphantasiere, was Simon mit mir anstellen könnte. Das, was ich jetzt am dringendsten brauche ist eine kalte Dusche. Besser noch, ein Eiswürfelbad! Ich spüre seine Anwesenheit hinter mir, ehe ich ihn höre.

„Gefällt dir, was du siehst?"

„Weingläser halt!" Ich drehe mich zu ihm um und zucke cool eine Achsel. „Nichts, wofür ich einen Mord begehen würde."

Er hebt eine Augenbraue. „Raus mit der Sprache! Wofür würdest du einen Mord begehen? Was würde dir so sehr gefallen?"

„Nichts, was du mir je zu bieten hättest." Ich grinse breit.

Theatralisch springen seine Augen auf. „Du hast keine Ahnung, was ich zu bieten habe."

„Deine äußeren Konturen reichen, um das zu beurteilen." In dem Moment, in dem die Worte über meine Lippen schlüpfen, bereue ich sie schon.

„Die Herausforderung nehme ich an!" Er sieht mir in die Augen, grinst schmutzig und entfernt sich ohne ein weiteres Wort.

Kapitel 5

Die schwarze Jeans klebt mir wie eine zweite Haut am Hintern und den Oberschenkeln und die weiße Bluse schmiegt sich elegant an meine Brüste. Simon hat es nicht anders gewollt. Schwarze Hose, weiße Bluse. Die Farbe meiner Arbeitsgarderobe für das anstehende Testessen schreibt er mir vor, nicht aber die Form.

Die Augenbrauen des Chef de Service springen in die Höhe und er lacht kurz und freudlos auf. „Da hat er mir was eingebrockt!", stöhnt er.

„Wer hat wem was eingebrockt?", frage ich unschuldig, obwohl ich eine ziemlich klare Vorstellung von der Antwort habe.

Er kommt auf mich zu und reicht mir die Hand. „Ich bin Alex. Chef de Service. Simon hat mich angewiesen, mich deiner anzunehmen."

Alex ist mir auf den ersten Blick sympathisch, dennoch habe ich nie jemanden gebraucht, der sich meiner annimmt, und in Zukunft werde ich ebenfalls niemanden nötig haben. „Danke. Ich kriege mein Leben auch so in den Griff."

„Du gibst also zu, dass es etwas in den Griff zu bekommen gibt?"

Ich fahre herum.

Simon steht in der Tür zur Restaurantküche und sein Blick kostet förmlich von meinem Körper. Ich fühle mich nackt. Er schaut so intensiv, als gleite er mir mit den Händen über die Haut.

Mein Puls beschleunigt sich und verärgert trete ich von einem Bein auf das andere. „Nichts, was dich etwas angeht!“, schnappe ich und beobachte, wie seine Miene sich unvermittelt ändert. Er verzieht die Augen zu Schlitzen und presst die Lippen aufeinander. Der Chef de Service seufzt. „Na, das kann ja heiter werden!“

„Morgen ziehst du etwas anderes an!“, mault Simon säuerlich.

Ich drehe mich zu ihm um, doch sein Rücken verschwindet bereits durch die Tür in die Küche. Kurz ziehe ich in Erwägung ihm zu folgen und meine Meinung über seine Kleiderordnung zu geigen.

„Lass es“, sagt Alex, der mich aufmerksam beobachtet. „Die Kleiderordnung ist meine Idee. Der Gast soll auf den ersten Blick erkennen, wer zum Personal gehört und wer nicht. Unsere Aufgabe ist es, eine Atmosphäre zu schaffen, in der er sich ausschließlich darauf konzentrieren kann, unbekannte Welten des Genusses zu erforschen. Das ist unsere Philosophie.“

„Das da ...“ – er wedelt mit seinem Zeigefinger über meine Garderobe – „lenkt ihn davon ab.“ Er schmunzelt amüsiert. „Und den Chef de Cuisine offensichtlich vom Kochen.“

„Ich hab nichts anderes. Entweder das oder gar nichts!“

„Komm mit." Alex geht voraus durch den Gastraum und steuert auf eine Tür zu, die direkt neben der zu Simons Büro liegt. Er öffnet sie und betritt einen großzügig geschnittenen Raum. Im Zentrum steht ein großer Tisch mit schwarzbehussten Stühlen. An den Wänden reihen sich Spinde aneinander. In der Ecke links daneben schleudert eine Trommel Wäsche hinter dem Bullauge einer Waschmaschine. Wasser gurgelt durch einen zuckenden Schlauch. Darüber thront ein bollernder Trockner. Unter der Waschmaschinenluke steht ein leerer Wäschekorb. Links neben den Geräten schließt sich ein Regal an, auf dem Geschirrhandtücher, Gästehandtücher, Trockenhandtücher, Tischdecken, Servietten und Schürzen gestapelt sind und den Duft frisch gewaschener Wäsche verströmen. Alex nimmt eine schwarze Schürze vom Regalbrett und reicht sie mir. „Zieh das an!"

Ich entfalte die bodenlange Schürze und wickele sie mir um die Taille.

„Wenn du Zeit hast zwischendurch, befüllst du die Waschmaschine und startest sie oder legst Wäsche zusammen", ordnet er an.

Ich nicke. „Klar! Kriege ich hin."

Wir verlassen den Personalraum und steuern auf die Theke zu. Er nimmt ein mobiles Bestellgerät in die Hand und erklärt mir die Funktionen, wie ich Speisen und Getränke auf die Tische buche, die Anordnung und Nummerierung der Tische und wie die Buchung auf dem stationären Gerät aufläuft. Alex zeigt mir, wie ich die Rechnung ausdrucke und wie mit Karte, Kredit oder EC bezahlt werden kann. Ich nicke. Ja das habe ich verstanden. Ist nicht allzu schwer. Es gibt eine Tages- und eine Speisekarte. Betritt der Gast das Restaurant, bringe ich ihm die Speisekarte. Danach rücke ich mit der Tafel an, weise ihn auf die Gerichte des Tages hin und erläutere ihm die Speisen. Soweit, so gut.

„Jeden Abend, bevor das Restaurant öffnet, erläutert Simon die wichtigsten Punkte zu den Tagesgerichten. Woher die Zutaten stammen und so weiter."

Abermals nicke ich.

Alex macht eine kurze Pause in seinen Erläuterungen und sieht mich an. „Hast du Fragen bis hier hin?", erkundigt er sich.

Ich schüttele den Kopf, das abrupt in ein Nicken übergeht. Eine Frage interessiert mich doch brennend. „Was hat es mit diesem Testessen auf sich?"

Alex zeigt auf einen Stuhl. „Setz dich!"

Ich sinke auf den Stuhl und sehe Alex mit großen Augen an.

„Alle paar Wochen kreiert Simon ein neues Gericht und veranstaltet ein Testessen. Wenn es bei den Testessern Zustimmung findet, bekommt es eine Chance auf der Speisekarte."

Die Restauranttür geht auf und Verkehrslärm dringt in die gedämpfte Stille des Raumes. Ein gutaussehender Typ etwa in meinem Alter betritt den Gastraum. Er kommt schnurstracks auf mich zu, reicht mir die Hand und fixiert mich aus haselnussbraunen Augen. „Ich bin Erik, der Sommelier!"

„Ruby, hey!", erwidere ich. „Ich bin die Neue!"

„Schön, dass du uns unterstützt." Erik lässt meine Hand los. Am liebsten hätte ich sie festgehalten, so warm und weich, wie sie sich anfühlt.

Alex räuspert sich und ich fahre zu ihm herum. „Erik ist für die Getränke zuständig. Also alle Fragen rund um dieses Thema gehen an ihn. Er wird jetzt den Wein auswählen, der die Aromen des heutigen Testessens herausheben und unterstreichen wird."

Ich schaue Erik nach, wie er in der Restaurantküche verschwindet. Noch nie in meinem Leben habe ich einen so gut aussehenden Sommelier kennengelernt. Genaugenommen kannte ich bis heute überhaupt keinen.

„Bevor es losgeht, wird Simon uns jetzt das Gericht vorstellen, denn gleich kommen die ersten Gäste." Alex hat den Satz kaum zu Ende gesprochen, da erscheint Simon auf der Bildfläche, gefolgt von Erik. „Wir servieren als Vorspeise Garnelen in Café de Paris Butter." Er zeigt auf der Tafel auf den entsprechenden Menüpunkt.

Ich verdrehe die Augen. Wie in der Schule.

„Hast du einen konstruktiven Punkt anzumerken?" Simon sieht mich streng an. Ich presse die Lippen aufeinander und schüttele den Kopf.

„Es folgen Bandnudeln in Bärlauch-Tomatenpesto. Anschließend ein Coque à l´orange mit Kohlrabi und

36

Champignons. Abgerundet wird das Menü von einem fluffigen Brownie mit selbstgemachtem Vanilleeis und heißen Kirschen."

Erik tritt vor. „Begleitet wird die Menüfolge durch einen frischen Weißwein, nicht zu trocken, würde ich sagen und zum Abschluss gibt es einen schweren Roten." Erik rattert die Namen der französisch klingenden Weine herunter. Als er bei dem Letzten angekommen ist, habe ich den Ersten bereits wieder vergessen. Dennoch nicke ich und tue so, als ob ich all das verstanden habe.

Alex zieht mich mit sich hinter die Theke und bedeutet mir, abzuwarten. Die Restauranttür öffnet sich und zwei Frauen betreten den Gastraum. Beide sehen gepflegt aus und sind teuer gekleidet.

Simon geht auf sie zu. „Mutter!", sagt er, nimmt die Hand der Älteren und küsst sie einmal links und rechts auf die Wange.

„Ich hoffe, du hast nichts dagegen, dass ich Katharina mitgebracht habe." Simons Mutter tritt zur Seite und macht den Weg frei für die jüngere Frau. Ich muss zugeben, dass Katharina verdammt gut aussieht, auch wenn man die ganze Schminke, den Schmuck und die Kleidung abzieht. Simon reicht ihr die Hand. Katharina ignoriert sie, drängt sich an ihn und küsst ihn auf den Mund. Simon schiebt sie von sich, schaut sie irritiert und verärgert zu gleich an und wendet sich ab.

„Geh hin und nimm ihnen die Mäntel ab", flüstert Alex mir über meine Schulter hinweg zu. Ich denke noch darüber nach, warum dieser Kuss mich durcheinanderbringt und zögere.

„Na los!", zischt er.

Ich setze mich in Bewegung und steuere auf die beiden Damen zu. Simon bemerkt mich und sein Blick ruht auf meinem Gesicht, wandert hinunter zu den Füßen und wieder hinauf und bleibt an meinen Augen hängen. Er räuspert sich und schaut abrupt weg. Simons Mutter sieht von ihm zu mir und mustert meine Statur naserümpfend und ihr Blick ist keinesfalls wohlwollend. Er ist missbilligend, als sei ich ein Insekt, das unter ihrem Stiefelabsatz zerquetscht werden muss. Sie zieht ihren Mantel aus und hält ihn am ausgestreckten Arm, so dass er im Raum baumelt. „Alex!", ruft sie.

Ich will nach dem Mantel greifen, doch sie weicht meinem Griff geschickt aus und reicht ihn an mir vorbei an Alex weiter, der hinter mir erschienen ist und eine Achsel zuckt, als ich seinem Blick begegne.

„Mutter!" Simons mahnende Stimme. „Das ist Ruby. Sie gehört ab heute dem Servicepersonal an." Simon baut sich vor ihr auf und versperrt ihr den Weg. Offenbar hat sie sich vorgenommen, mich zu ignorieren, doch Simon erstickt das im Keim. Er bleibt so lange vor ihr stehen und fixiert sie, bis sie sich zu mir herumdreht und mich ansieht.

„Ich möchte, dass du sie mit Respekt behandelst!", fordert er schneidend.

Sie nickt mir zu, was wohl so viel wie eine Entschuldigung sein soll. Simon schaut mich über ihren Kopf hinweg an und lächelt. Etwas flattert in meinem Bauch. Das hat noch nie jemand für mich getan. Niemals hat sich irgendwer für mich eingesetzt, nicht einmal mein Vater. Katharina zieht ebenfalls ihren Mantel aus und reicht ihn mir. Simon nickt mir zu und macht den Weg frei für seine Mutter und seine – ja, was ist sie? Ich nehme das Kleidungsstück entgegen und folge Alex zur Garderobe.

„Diese Katharina .... ist das Simons Freundin?", flüstere ich Alex zu.

Der bedenkt mich mit einem langen Blick. „Sie ist seine Ex."

„Wer hat Schluss gemacht?", frage ich neugierig.

„Er." Er hängt die Mäntel auf Bügel an die Garderobe und dreht sich zu mir herum. „Hör zu Ruby."

Ich sehe ihn aufmerksam an und hoffe auf Skandale aus dem Pütz Clan, doch Alex Gesichtsausdruck ist so ernst, dass ich schlucken muss. „Auch wenn sie dir im Gegensatz zu Simons Mutter freundlich gegenübertritt, nimm dich vor ihr in Acht. Sie wird sich ihn zurückholen, mit allen ihr zur Verfügung stehenden Mitteln."

„Was hat das mit mir zu tun?", frage ich ihn und schaue unbeteiligt drein. „Nur zu! Sollen sie glücklich werden bis ans Ende aller Tage." Ich nicke inbrünstig, um meine wohlmeinenden Wünsche zu unterstreichen.

Er sieht mich mitleidig an wie ein Kälbchen, das seine Mutter verloren hat. „Sicher?", fragt er.

Ich will ihm antworten, doch er schlängelt sich bereits an mir vorbei und geht voraus zum Tisch, um die Bestellungen aufzunehmen. Verwirrt schaue ich ihm nach und setze mich ebenfalls in Bewegung, nachdem sich meine Verwunderung halbwegs gelegt hat.

Alex gibt die Getränkebestellungen an den Barkeeper weiter. Der öffnet Flaschen und füllt Gläser. Mir werden Flaschenkühler in die Hand gedrückt, die ich auf dem Tisch verteile. Inzwischen sitzen neben Simon und seiner Familie, der Sommelier, der Patissier und der Entremetier mit am Tisch, wie Alex mir erklärt, als ich zu ihm an die Theke zurückkehre und er mir die Wasserflaschen für die Kühler in die Hände drückt. Bei meinem nächsten Gang werden mir diverse Weinflaschen unter die Arme geklemmt, deren Namen ich nicht behalten habe, obwohl man sie mir ein zweites Mal an der Theke vorgebetet hat. Vielleicht kann ich vor dem Einschenken einen kurzen Blick auf das Etikett erhaschen. Die Damen zuerst, hat man mir eingebläut und *Alter vor Schönheit* habe ich im Stillen hinzugefügt. Ich trete von hinten an Simons Mutter heran. „Was darf es sein?", frage ich höflich.

Ohne sich zu mir umzuwenden murmelt sie etwas vor sich hin. Für mich hat es sich nach dem Roten angehört. Ich studiere die Etiketten, aber das, was sie genuschelt hat, klingt wie nichts, was darauf steht. Ich spüre die Blicke aller auf mir und das spöttische

Schnauben seiner Mutter. Ich laufe rot an und als ich aufschaue, zuckt ein Schmunzeln an Simons Mundwinkeln. Katharina grinst ebenfalls und Alex Worte hallen in meinem Inneren nach. Ich sehe Simon in die Augen und setze ein triefendes Lächeln auf, wähle den Weißwein und schütte das Glas seiner Mutter voll bis zum Rand. Sie schnaubt vor Empörung, dabei gebe ich ihr doch nur, was sie sich insgeheim wünscht. Mit einem falschen Lächeln im Gesicht fülle ich alle Gläser am Tisch, dann sehe ich Simon wieder an und bemerke ein Funkeln in seinen Augen. Oh, oh! Er ist wütend. Falls er mich nicht einstellt, ist mein Problem nicht gelöst, mahnt eine Stimme in mir. *Na und?* Nicht um jeden Preis! Ich werde mich nicht klein machen und vor Menschen wie seiner Mutter oder seiner Ex buckeln. Diese Persönlichkeiten kenne ich hinlänglich. Mein Vater ist ebenfalls solch ein Exemplar.

Kapitel 6

Meine Mutter war der gütigste Mensch, den ich in meinem bisherigen Leben kennenlernen durfte. Mein Vater hat sie in den Tod getrieben und das verzeihe ich ihm nie.

Nach dem Testessen gestern hat Alex mich zur Seite genommen und mir mitgeteilt, dass ich die Stelle habe. „Ihn hat dein Umgang mit seiner Mutter beeindruckt", hat Alex zum Abschluss gesagt und mir zugezwinkert.

Heute, pünktlich um fünf, geht es los. Doch heute wird im Gegensatz zu gestern Lilly da sein. Das wird mir die Sache um einiges erleichtern. Ich ziehe dieselbe Kleidung an wie am Vortag und darüber eine dicke schwarze Strickjacke. Es regnet in Strömen. Obwohl ich direkt neben dem Simons wohne und nur eine Tür weiter muss, kleben mir die Haare feucht und kalt an der Kopfhaut.

Ich betrete das Restaurant und schüttele mich wie ein nasser Hund. Simon kommt gleichzeitig aus seinem Büro, bleibt abrupt stehen und starrt mich an. Sein Blick gleitet über meinen Körper und klebt an meinen Brüsten. Die Nippel wölben sich deutlich gegen den BH und der Stoff der weißen Bluse ist durchsichtig und gibt nackte Haut preis. Wohlige Schauer streifen durch meinen Körper. Atemlos öffne ich den Mund und lecke mir über die spröden Lippen. Simons Blick huscht zu meinem Kopf, beobachtet das Spiel der Zunge und sein Adamsapfel springt nervös auf und ab. Er verzieht den Mund zu einem schmalen blassen Strich, wendet sich abrupt ab und verschwindet in seinem Büro.

„Was war denn das?", flüstere ich.

„Das, meine Liebe, ist doch wohl offensichtlich", sagt hinter mir eine Stimme.

Ich fahre herum. „Lilly!", kreische ich. Gefangen in der Situation habe ich nicht mitbekommen, wie sie das Simons betreten hat. Ich hüpfe auf sie zu und ziehe sie in eine feste Umarmung, froh über die Unterstützung, falls weitere Hyänen aus Simons Familie hier auftauchen und über mich herfallen.

„Den Wein aus der Dordogne solltest du unbedingt auf die Karte setzen und wegen des Fischhändlers müssen wir uns umsehen, falls Toni wirklich wie angekündigt die Preise anhebt."

Ich lasse die Arme fallen, die ich fest um Lillys Oberkörper geschlungen habe und drehe mich um. Die betörende Brünette verlässt Simons Büro. Die langen schlanken Beine stecken in hautengen Jeans, die den herzförmigen Po betont, und dazu trägt sie modische Gummistiefel, die an ihr sexy wirken. Bei mir würden sie garantiert nach Bauerntrampel aussehen.

Elegant windet sie sich an den Tischen vorbei und als sie bei uns ankommt, mustert sie mich von oben bis unten und murmelt: „Jetzt verstehe ich einiges." Ihr haftet ein Duft von Magnolie, Akazienholz und

Sonnencreme an, der sich in meine Nase stiehlt und ein Gefühl von Sommer hinterlässt, als sie an uns vorbeischwebt. Sie bewegt sich grazil wie eine Primaballerina, was mich dazu veranlasst jede ihrer Bewegungen aufmerksam zu beobachten. Hinter uns knallt eine Tür zu.

„Oh! Oh!", flüstere ich.

„Simon hat schlechte Laune!", stellt Lilly fest.

Na das kann ja heiter werden! Vielleicht laufe ich ihm heute nicht über den Weg, denn sein priorisiertes Arbeitsfeld ist die Küche und nicht der Gastraum. Ich folge Lilly in den Personalraum. Wir pflücken uns beide eine Schürze aus dem Fach, wickeln sie uns um die Hüfte und verschnüren sie jeweils hinter unseren Rücken. Meine Bluse ist immer noch feucht und mir ist kalt, aber die Gänsehaut ist inzwischen verschwunden.

Die Tür schwingt auf und knallt gegen die Wand. Ich schrecke auf und mein Herz verfällt in einen wilden Galopp.

Simon baut sich vor mir auf. „Du!" Er sticht mit dem ausgestreckten Zeigefinger nach mir.

Ich zucke zusammen. Was habe ich jetzt schon wieder angestellt? Ich bin doch gerade erst hier erschienen. Aufgeschreckt schaue ich Lilly an. Die zuckt die Achseln und verdreht die Augen.

„Mitkommen!", befiehlt er, dreht sich auf dem Absatz um und marschiert davon, ohne auf mich zu warten.

„Shit!", flüstere ich.

„Was hast du getan?", fragt Lilly und hebt fragend eine Augenbraue. Ein Grinsen zuckt um ihre Mundwinkel.

Das muss irre komisch sein. „Ich habe nicht die geringste Ahnung", schnaube ich und schleiche davon, dem kraftvoll bebenden Rücken Simons hinterher in sein Büro.

•

Er setzt sich auf die Kante seiner Schreibtischplatte, verschränkt die Arme vor der Brust und sieht mich an. „Schließ die Tür!"

Das ist ganz klar ein Befehl und keine Bitte. Was bildet der Kerl sich ein?

„Was glaubst du, was das hier ist?", fragt er.

Soll das eine Fangfrage sein? Ich durchleuchte jedes Wort, jeden Buchstaben kann aber nichts Verfängliches darin erkennen. „Ein Restaurant", antworte ich vorsichtig und bin auf der Hut.

„Korrekt, ein Restaurant", sagt er, als habe ich die Eine Millionen Euro Frage richtig beantwortet. „Und wie kleidet man sich in einem solchen Etablissement?" Seine Stimme trieft vor Sarkasmus.

Ich sehe an mir hinab, kann aber nichts Falsches daran erkennen. Ja, stimmt, der Stoff der Bluse ist immer noch nicht trocken und man erkennt die Spitze des BH´s darunter, aber mein Gott. „Wir sind doch nicht im Kloster!", rutscht es mir heraus.

Langsam erhebt er sich von der Schreibtischplatte und kommt auf mich zu. Er verengt die Augen und etwas flackert darin, das mir Angst macht. Etwas Gefährliches! Ich weiche zurück, komme aber nicht weit. Die geschlossene Bürotür verwehrt mir den Rückzug. Simon kommt unaufhaltsam näher und bleibt dicht vor mir stehen. Sein Atem streift mein Gesicht und ich schließe die Augen. Meine Wangen brennen unter seinem Blick und mein Herz schlägt viel zu schnell. Hinter dem Rücken taste ich blind nach der Klinke.

Er seufzt gequält und ich öffne die Augen.

Mit zusammengepressten Lippen wendet er sich von mir ab. Neben dem Schreibtisch pflückt er eine Tüte vom Boden und hält sie mir hin. „Ich möchte, dass du das bei der Arbeit trägst. In den nassen Klamotten erkältest du dich." Flüchtig streift sein Blick meinen Busen und seine Stimme klingt ein wenig kratzig.

Ist die Frage, wer hier kurz vor einer Erkältung steht.

„Mein Immunsystem ist topfit. Mir scheint eher, dass du vorsichtig sein solltest." Ich recke ihm das Kinn entgegen.

„Ruby! Bitte!" Seine Stimme klingt fast flehend und er schwenkt die Tüte in seiner Hand.

„Ich nehme keine Almosen", erwidere ich trotzig.

„Das sind keine Almosen, sondern Arbeitskleidung, von deinem Arbeitgeber gestellt. Also nimm jetzt die verdammte Tüte." Er schüttelt sie heftiger und das Papier raschelt.

„Ist ja schon gut!", erwidere ich genervt und verdrehe die Augen. Ich nehme die Tüte entgegen und streife dabei leicht seine Finger. Er zuckt zurück, als habe er sich verbrannt.

„Ich bin nicht infektiös!", schimpfe ich empört.

Er weicht meinem Blick aus. „Zieh das an, verdammt!", flucht er.

„Hier?", frage ich. Mir ist bewusst, dass ich ihn provoziere, ihn bis auf die Knochen reize, keine Ahnung warum.

„Verschwinde auf der Stelle und zieh dich um!", schnauzt er, dreht mir den Rücken zu und stellt sich ans Fenster.

„Wenn du ein Problem mit der gutaussehenden Brünetten hast, dann lass es gefälligst nicht an mir aus", maule ich.

„Was sagst du da?", knurrt er aus tiefster Kehle.

Shit! Habe ich etwa laut gesprochen? Aus den Augenwinkeln bemerke ich eine Bewegung in meinem Rücken. Bevor mir noch mehr unbedacht herausrutscht, öffne ich die Tür und husche aus dem Raum. Als ich mich umdrehe, um die Tür zu schließen, steht Simon da und starrt mir mit offenem Mund hinterher.

Mit der Tüte in der Hand eile ich in den Personalraum. Ich will ihm nicht noch mehr Grund liefern, sauer auf mich zu sein, deswegen ziehe ich die Bluse an. Ich sehe an mir hinunter, nachdem ich sie übergezogen habe. Woher kennt er die passende Größe? Sie sitzt wie angegossen und betont meine Taille. Ich drehe mich um die eigene Achse, verrenke mich dabei und betrachte meinen rückwärtigen Teil.

„Ist das eine Yoga-Übung?" Erik steht vor dem Kühlschrank und trinkt Orangensaft aus dem Tetrapack.

„Wie lange stehst du schon da?" Hat er mich beim Umziehen beobachtet?

„Keine Sorge! Ich habe nichts entdeckt, was ich nicht schon einmal bei einer Frau gesehen habe." Er schmunzelt dreckig.

„Spanner!", fauche ich und verlasse den Personalraum. Ich begebe mich zur Theke an der schon alle darauf warten, dass Simon die heutige Speisekarte präsentiert.

Alex kommt mit großen Schritten durch den Gastraum auf uns zu. „Sorry Leute, bin zu spät!" Sein Blick wandert durch die Runde, bleibt an mir hängen und springt vom Busen zu den Augen und wendet sich dann von mir ab.

Ein Räuspern durchbricht das Raunen der Kollegen. Simon steht mit zusammengepressten Lippen da und starrt Alex an. „Du bist zu spät!", stellt er fest.

„Ja. Tut mir leid Mann." Alex studiert auf einmal ganz konzentriert die Maserung des schwarzen Marmors auf dem Boden.

Will er Simon nicht in die Augen schauen oder kann er nicht?

Simon bricht das unangenehme Schweigen und erläutert das heutige Tagesmenü. „Muscheln in Weißweinsud mit Baguette als Vorspeise."

Beim bloßen Gedanken daran läuft mir das Wasser im Mund zusammen.

„Tagliatelle mit Steinpilzen und Karamelltomaten-
rindersteak mit Kräuter-Knoblauchbutter. Als Nachspeise folgt ein warmes Schokoladenküchlein mit
flüssigem Kern.“

Ich sterbe für alles, was mit Schokolade zu tun hat
und lecke mir über die Lippen. Ob ich eins abstauben
kann, falls nicht alle von den Gästen verspeist
werden? Ich schaue Simon an. Sein Mund ist zu einer
grimmigen Linie verzogen. Vielleicht lieber morgen
oder wenn er Feierabend macht und ich noch den
Gastraum aufräume. Eventuell fällt beim Pâtissier
etwas ab?

Simon verschwindet in die Küche und Erik weist den
Menüpunkten die passenden Getränke zu. Es kann
losgehen.

Die ersten Gäste betreten den Gastraum und der
Abend beginnt ohne weitere Zwischenfälle.

•

Ich räume dreckiges Geschirr von einem Tisch ab, stapele die Teller auf meinem Unterarm, drehe mich um
und stoße in der Drehbewegung an eine Person.
Scheppernd fallen Porzellan und Besteck zu Boden.
„Keine Augen im Kopf?“, murmele ich und hocke
mich hin, um Scherben, Besteck und Essensreste von
dem schwarzen Marmor zu sammeln.
„Wie bitte?“
Shit! Die Stimme kenne ich. Alarmiert hebe ich den
Kopf und starre in Katharinas schwarze Augen. Auch
das noch. Als ob ich nicht schon genug Ärger habe.

Sie steht da, beide Arme ausgestreckt und ihre weiße Bluse weist alle Farben unseres heutigen Tagesmenüs auf. Ich starre sehnsüchtig auf das braun des Schokotörtchens mit flüssigem Kern, das ich so gerne verspeist hätte. Resigniert wende ich mich ab. Jetzt ist es definitiv. Ich werde keines bekommen, nach der Aktion. Zu allem Überfluss schießt mir durch den Kopf, dass man zuerst dem Gast und danach dem Besteck helfen sollte. Ich tue einfach so, als wüsste ich nichts davon, schließlich bin ich die Neue.

„Willst du nichts unternehmen?", plärrt sie.

Verdattert schaue ich sie an. „Ich *unternehme* doch etwas. Ich räume das Malheur beiseite." Ich spreche laut und deutlich, als sei sie schwerhörig.

„Meine Bluse! Weißt du, was die gekostet hat?"

„Vermutlich mehr, als ich jemals in einem Monat verdienen werde." Ich stapele die Tellerscherben aufeinander und sehe am Boden hockend zu ihr auf.

Sprachlos starrt sie mich an, wendet sich von mir ab und marschiert in die Küche. Jetzt ist es amtlich. Wir beide werden keine Freundinnen. Ich schaue zur Tür, die in ihren Angeln schwingt, doch Simon erscheint nicht. Ich erhebe mich, balanciere das Malheur hinter die Theke, um Scherben und Essensreste zu entsorgen. Das schmutzige Besteck muss in die Küche. Ich entscheide mich, die Gemüter ein wenig abkühlen zu lassen und in der Zwischenzeit weitere Tische abzuräumen und neu einzudecken. Als ich ungefähr beim fünften Tisch angekommen bin, rauscht Katharina wutschnaubend an mir vorbei, grapscht ihren Mantel von der Garderobe und verlässt das Lokal. Irritiert schaue ich von der Tür, durch die sie verschwunden ist zur Küchentür, die noch nicht zur Ruhe gekommen ist und nervös in den Angeln pendelt. Kein Simon in Sicht! Hält er mir lieber später die Standpauke? Für heute hat er scheinbar genug von mir.

Ich stapele das Geschirr auf meine Arme und wage mich in die Küche. Im Spülbecken brause ich die schmutzigen Teller ab. Aus den Augenwinkeln bemerke ich, wie Simon mir einen verstohlenen Blick zu wirft, mit dem Kopf schüttelt und sich wieder seiner Arbeit widmet.

Wut flammt in mir auf, die ich kaum zügeln kann. Ich lasse von den Tellern ab und stampfe auf ihn zu. „Falls du mir was zu sagen hast, nur zu. Ich bin ganz Ohr!" Ich schnaube, meine Nasenflügel beben.

Alle halten mit der Arbeit inne und wenden sich uns zu.

Er sieht kurz in die Runde. „Habt ihr nichts zu tun?", blafft er sein Team an.

Unter verhaltenem Gemurmel konzentrieren sie sich wieder auf ihre Arbeit. Mit verengten Augen wendet er sich mir zu, packt meinen Oberarm und schiebt mich vor sich her auf die Tür zum Hinterhof zu. Ich versuche, mich aus dem Griff zu winden, doch er hält mich wie im Schraubstock. Seine unverhohlene Wut prasselt auf mich ein, als er mich in den Hof zerrt.

Es ist kalt hier draußen. Ich friere praktisch sofort und fange an zu zittern. „Brauchst du eine Abkühlung?", frage ich sarkastisch.

Neben mir schlägt er mit der flachen Hand an die Wand. „Verdammt Ruby!", knurrt er.

Ich zucke unter der Vehemenz seiner Worte zusammen.

Er fixiert mich und kommt mit dem Gesicht bis auf wenige Millimeter an meines heran. Sein warmer Atem streift meine Haut und verursacht mir ein wohliges Kribbeln in der Magengrube. Das Gefühl ist irritierend und macht mich nervös. Simons lodernde Pupillen brennen sich in meine. Ich rieche seinen Duft, schließe die Augen und ein leises Stöhnen entschlüpft meinen Lippen. Meine Lider gleiten auf, als ich einen plötzlichen Lufthauch spüre.

Simon hat die Arme fallen lassen und sich von mir abgewandt. „Verdammt Ruby!", wiederholt er. „Du kannst dich den Gästen gegenüber nicht so aufführen."

Erstaunt schaue ich ihn mit großen Augen an. Ich weiß nicht, was an meinem Verhalten falsch war. Schließlich hat sie mich ....

„Provokation", sagt er.

„Richtig!", bestätige ich.

Er fährt zu mir herum und sieht mich an, als sei ich vom Mars herabgeschwebt und hätte ihn eingeladen, eine neue Existenz im Weltall kennenzulernen. „Wie jetzt?", entfährt es ihm.

Der steht echt auf dem Schlauch. „Sie hat mich provoziert!", helfe ich ihm weiter.

Er schnaubt. „Du", mit dem ausgestreckten Zeigefinger sticht er nach mir, „provozierst jeden, der dir über den Weg läuft."

„Zugegebenermaßen habe ich ihr die Bluse versaut. Aber das war ein Unfall und das gibt ihr noch lange nicht das Recht, mich von oben herab zu behandeln, bloß weil sie die teureren Klamotten trägt!" Meine Stimme ist so laut geworden, dass sie von den Wänden der umliegenden Hochhäuser widerhallt.

Alarmiert kommt er näher und schaut nach oben auf die Mauern, gegen die meine Worte klatschen. „Ruby", flüstert er. „Du musst dich zusammenreißen, sonst kann ich dich nicht beschäftigen."

 So wie er das sagt, klingt es wie eine unumstößliche Tatsache. Ich öffne den Mund, um etwas zu erwidern. Doch er dreht sich auf dem Absatz um und verschwindet im Restaurant. Ich sehe seinem Rücken nach, will ihm hinterherrufen, dass es wahr ist, dass sie mich provoziert hat, und nicht umgekehrt, aber offenkundig hat er für meine Einwände nichts übrig. Mein Magen verknotet sich und eine Frage nimmt in meinem Kopf Konturen an. Warum ist es so wichtig, was er denkt? Für gewöhnlich ist es mir egal, was die Leute von mir halten. Warum komme ich mir vor wie eine dumme kleine Pute? Normalerweise würde ich es total feiern, wie ich Katharina den Wind aus den Segeln genommen habe. Verunsichert schaue ich auf die Tür, durch die Simon verschwunden ist und schäme mich. Warum zum Henker verursacht er solche Gefühle in mir? Scheiße! Ich setze mich in Bewegung und schlüpfe leise durch die Tür in der Hoffnung, dass keiner mitbekommt, dass ich wieder da bin. Doch als ich die Küche betrete, wenden sich ausnahmslos alle zu mir um und starren mich an. Ich beherrsche mich und ziehe keine Grimasse, obwohl mir deutlich danach zu Mute ist. Der Einzige, der mich nicht ansieht, ist Simon. Mein Magen zieht sich zusammen und fühlt sich an wie ein Klumpen Blei. Ich senke den Blick und marschiere zu den Tellern am Spülbecken, um sie mit der Brause von den groben Essensresten zu befreien und zum ersten Mal bereue ich es, Katharina provoziert zu haben.

Kapitel 7

Servicepersonal hat keine Gefühle! Mit diesem Mantra stehe ich seither jeden Morgen auf und verrichte meine Arbeit, unsichtbar und ohne Zwischenfälle zu verursachen. Allerdings habe ich von Simon nicht viel gesehen, nachdem er uns die wöchentliche Speisekarte und das Tagesmenü zusammengestellt hat. Das ist jetzt eine Woche her. Lilly meint, dass er bei der TV-Produktion *Masterbeefer* mitwirkt. Weil er in der letzten Folge gewonnen hat, muss er sich solange den Duellen stellen, bis ihn ein anderer Koch übertrumpft.

„Während der Drehtage dieser Folgen hat er immer miese Laune", plaudert sie aus dem Nähkästchen.

Na, das kann ja heiter werden! Hat er mich deswegen vor einer Woche im Hinterhof so rüde zurechtgewiesen? „Aber warum?", frage ich.

„Warum was?" Lilly rollt theatralisch die Augen.

„Die schlechte Laune?", hake ich trotzdem nach.

„Weil ihm dieser ganze Fernsehquatsch – wie er immer sagt – auf die Nerven geht!", erklärt sie.

„Warum macht er es dann?" Das interessiert mich jetzt aber doch.

„Es ist Werbung für sein Restaurant", erläutert sie leise und marschiert voraus in den Gastraum.

Ich folge ihr auf dem Fuß und bemerke Katharina und Simon, wie sie in seinem Büro verschwinden. Kurz sieht er mich an, als er die Tür schließt, und schon kribbelt es in meinem Magen.

Was soll das?

Ich sehe an mir hinunter, als könne ich durch einen strengen Blick das hektische Flattern zum Schweigen bringen. Was mir nicht gelingt.

Leider verschlimmert die Tatsache, dass ich nicht mitbekomme, was die zwei hinter der geschlossenen Tür treiben, mein Gefühl. Schon überlege ich, welche Arbeit ich vor dem Büro im Gastraum verrichten kann, um das ein oder andere Geräusch jenseits der Tür aufzuschnappen. Soll ich hineingehen und ihnen ein Getränk anbieten?

Ach, verdammt! Kopfschüttelnd scheuche ich alle Ideen aus meinem Kopf und verbiete mir weitere abstruse Überlegungen, bevor sie noch fantasievollere Gestalt annehmen. Es stellt sich heraus, dass ich gar nicht lange warten muss und das jegliche Vorstellung ihres romantischen Beisammenseins ein Irrtum war. Unvermittelt wird die Tür aufgerissen und Katharina prescht heraus. Sie dreht sich noch einmal um, bevor sie davonstürmt, und sticht mit dem roten Fingernagel ihres Zeigefingers nach ihm. „Das wirst du bereuen“, sagt sie leise und rauscht an uns vorbei. Mich bedenkt sie mit einem wütenden Augenaufschlag aus ihrem roten Gesicht. Fehlt nur der Rauch, der aus ihrer Nase quillt, kurz, bevor sie Feuer speit.

Demütig senke ich den Blick sowie ich es mir in den letzten Tagen angewöhnt habe. Weitere Eskapaden kann ich mir nicht erlauben, falls ich den Job behalten will. Ich schaue auf, als ich eine Bewegung im Türrahmen des Büros wahrnehme. Simon steht dort und starrt Katharina mit versteinertem, bleichem Gesicht hinterher. „Wenigstens kann ich morgens noch in den Spiegel schauen", murmelt er.

Nanu? Was geht denn zwischen den beiden ab?

Er dreht sich herum und verschwindet wieder in seinem Büro. Ich habe das Gefühl etwas tun zu müssen, um ihn aufzuheitern, weiß aber nicht was. Ich hoffe nicht, dass ich der Grund für ihre Auseinandersetzung bin. Ohne darüber nachzudenken, steuere ich auf die offene Bürotür zu. Simon sitzt an seinem Schreibtisch über ein Schreiben gebeugt. Mit den Fingerknöcheln klopfe ich zaghaft gegen das Türblatt. Sein Kopf zuckt hoch und sofort presst er die Lippen aufeinander. Was nur habe ich getan, dass er sich mir gegenüber so abweisend verhält?

„Was gibt es?", fragt er mit einer Schärfe in der Stimme, die Sellerie im Mikrometerbereich in Scheiben schneiden könnte.

Ich habe einen Kloß im Hals und schlucke.

Sein Blick verhakt sich mit meinem und auf einmal ist mein Kopf wie leergefegt.

„Ich hab nicht viel Zeit Ruby, also ....", sagt er streng.

„Entschuldige bitte", fasele ich.

Er kneift die Augen zusammen und steht von seinem Stuhl auf. Aus irgendeinem Grund macht mich das nervös und ich knete die Hände vor dem Bauch wie ein Schulmädchen. Er geht an mir vorbei und schließt die Tür. All die Geräusche aus dem Restaurant, das Klappern des Geschirrs, aneinander klirrende Gläser, das Scheppern von Besteck sperrt er aus, kommt wieder an mir vorbei und lehnt sich auf der mir zugewandten Seite an die Schreibtischkante. Erwartungsvoll sieht er mich an. „Du willst doch nicht kündigen?“

„Ich ...“, stoße ich zwischen den Vorderzähnen hindurch. „Nein!“, stottere ich. Mein Herz schlägt gegen meine Rippen. Warum bin ich so aufgeregt? Tief hole ich Luft.

„Ich warte gespannt auf deine Enthüllung!“, sagt er und sieht mich erwartungsvoll an.

Langsam wird es peinlich und das, obwohl mir sonst nie etwas peinlich ist oder ich um Worte verlegen bin. Jetzt reiß dich zusammen, schimpfe ich mit mir selbst.

„Ich muss mich bei dir entschuldigen!“, haspele ich schnell hervor.

„Wofür?“ Sein Tonfall ist ernst, Faszination schimmert in seinen Augen, er neigt den Kopf leicht zur Seite und kommt auf mich zu. Einen Schritt von mir entfernt, bleibt er stehen und sieht mich eindringlich an.

Ok. Das ist sehr nah! So nah, dass ich seinen männlichen Geruch wahrnehme und jeden Stoppel an seinem Kinn erkenne. Meine Phantasie macht sich selbstständig. Beschämt senke ich den Blick. Mit Daumen und Zeigefinger umschließt er sanft mein

Kinn und hebt meinen Kopf, so dass ich ihm in die Augen sehen muss. Seine Berührung prickelt heiß auf meiner Haut und dieses Gefühl dehnt sich wie ein Lauffeuer über den gesamten Körper aus und setzt mich in Brand. Ich halte die Luft an.

„Verdammt, Ruby!", knurrt er. „Wofür?" Sein Blick bohrt sich in meinen.

Mist! Ich kann so nicht denken. „Für deinen Streit mit Katharina", krächze ich.

Belustigt hebt er eine Augenbraue. „Du rechtfertigst dich für die Meinungsverschiedenheit, die Katharina und ich hatten? Ernsthaft!"

„Ich habe ihr die Bluse ruiniert und anstatt mich zu entschuldigen habe ich sie provoziert. Das tut mir leid!"

Er lässt mein Kinn los, dreht sich herum und vergrößert die Distanz zwischen uns und obwohl ich es nicht sollte, bedaure ich zutiefst, dass er so weit weg ist. Unvermittelt ist es einige Grad kühler um mich herum, jedenfalls fühlt es sich so an.

„In dem Streit ging es nicht um dich", sagt er, setzt sich wieder an den Schreibtisch und lenkt seine Aufmerksamkeit auf das Schreiben vor sich.

Die Audienz ist beendet.

Ich räuspere mich.

„Ist noch was?", fragt er grimmig.

Das ist die unmissverständliche Aufforderung, dass ich verschwinden soll, aber ich bin so aufgewühlt, dass ich scheinbar vergessen habe, wie ich die Füße bewegen muss. Ich hole tief Luft und stolpere rückwärts. Bevor ich mich umdrehe, um die Tür zu öffnen, senke ich den Blick ebenfalls auf das Schreiben, das vor ihm liegt, und lese die in Großbuchstaben verfasste und fettgedruckte Überschrift: *Vertrag*. Ging es darum? Um diesen Vertrag? Meine Wangen werden erst warm und fangen dann an zu glühen. Ich reiße die Tür auf, verschwinde nach draußen, drehe mich um, um die Tür hinter mir zu schließen, und bemerke, dass Simon mich anstarrt.

„Steht dir, die rote Farbe", brummt er und grinst finster.

„Mistkerl!", schlüpft es mir über die Lippen, ohne dass ich es verhindern kann, und sein Grinsen wird breiter. Hastig schließe ich die Tür hinter mir. Das wird er mir büßen. Aber genau genommen muss ich zugeben, dass er gar nichts getan hat. Ich habe mich selbst in diese Situation manövriert, weil ich wie immer, zuerst handle, bevor ich denke. Mist! Mir wird noch wärmer als ohnehin schon.

„Da bist du ja!" Lilly kommt mit einem Tablett voller Gläser an mir vorbei. „Hilfst du mir?"

„Ich komme sofort!", antworte ich, schlage aber die entgegengesetzte Richtung ein. „Ich muss nur kurz ...!" Meine Erregung totschlagen.

Sie dreht sich um und ich spüre ihren Blick im Rücken.

Ich verschwinde auf die Toilette und kann all die diffusen Gefühle, die in mir toben, nicht niederringen.

Ich weiß nicht, was mit mir los ist. Dieses Gespräch mit Simon macht mich total fertig.

Hinter mir schließe ich sorgfältig die Tür, beobachte aufmerksam, dass mir niemand folgt. Dann erst drehe ich mich zum Spiegel um und registriere, dass ich noch katastrophaler aussehe, als vermutet. Mein Gesicht brennt lichterloh und glüht wie die untergehende Sonne am Horizont. Ich drehe den Kaltwasserhahn auf und schippe mir das Wasser auf die Wangen. Das kann doch alles nicht wahr sein. Mit eiskalten Fingerkuppen taste ich über die fleckige Haut in meinem Gesicht. Warum löst Simon so ein Chaos in mir aus? Das Eingeständnis, dass er mich nervös macht, verwirrt mich noch mehr. Also was zum Henker ist hier los?

„Ruby?" Lillys Stimme hallt von den anthrazitfarbenen Kacheln wieder. „Was ist denn mit dir passiert?"

Ich spüre ihre Bewegungen neben mir und höre das Rascheln ihrer Schürze, als sie auf mich zukommt.

„Hast du gebadet?", fragt sie belustigt und ich bemerke das Schmunzeln in ihrer Stimme.

Ich bin so beschämt, dass ich es nicht wage die Hände vom Gesicht zu nehmen. Unvermittelt spüre ich die Berührung ihrer kalten Finger an meinen, was unglaublich guttut. Ich hätte aus der Küche Eiswürfel mitgehen lassen sollen.

„Was ist denn bloß los mit dir?", fragt sie wieder.

„Nichts", erwidere ich und versuche, meiner Stimme einen bedeutungslosen Klang zu verleihen, in der

Hoffnung, dass sie verschwindet. Meine Bemühung misslingt gründlich und Lilly wäre nicht Lilly und damit auch nicht meine Freundin, wenn sie mir nicht jede Antwort einzeln aus der Nase ziehen könnte.

„So aufgewühlt habe ich dich noch nie gesehen. Erzähl! Was ist passiert?"

„Es ist nichts!" Ich verharre mit den Händen vor dem Gesicht und rühre mich nicht.

„Ruby, wenn du mir nicht auf der Stelle verrätst, was mit dir los ist, kündige ich dir die Freundschaft."

„Es ist nicht so wichtig" , wehre ich ab.

Sie zieht an meinen Händen und sieht mich an. „Natürlich ist es das. Du siehst total fertig aus!"

„Mmh", grummele ich.

„Ich weiß ja nicht, was zwischen Simon und dir vorgefallen ist, aber nach nichts sieht es nicht aus."

Mein Blick flackert zu ihrem.

„Volltreffer!", triumphiert sie. „Was ist passiert?"

„Nichts! Ich bin selber Schuld!"

„Inwiefern?"

Stumm sehe ich sie wieder an, nachdem mein Blick über die Kacheln in der Toilette gewandert ist. „Du hast doch mitbekommen, dass Katharina wutentbrannt aus seinem Büro gestürmt ist?", beginne ich widerstrebend.

Sie nickt.

„Ich dachte, sie streiten wegen mir und der ruinierten Bluse!"

Wieder nickt Lilly und sieht mich erwartungsvoll an. „Ich bin in sein Büro, um mich zu entschuldigen." Allein bei der Erinnerung laufe ich rot an und mein Gesicht brennt, als hätte ich einen ausgewachsenen Sonnenbrand. Ihr Gesichtsausdruck wird plötzlich ernst.

„Das habe ich getan", gestehe ich atemlos.

„Was hat er gesagt?" Aufmerksam mustert sie mich.

„Dass es in dem Streit nicht um mich ging, und mich im Anschluss quasi vor die Tür gesetzt." Ich schließe kurz die Augen. Jetzt wo ich das Geschehene wiedergebe, potenzieren sich meine Peinlichkeit und Scham. Verunsichert flackert mein Blick zu Lilly, doch sie schaut mich nur mitleidig an.

„Er war so überheblich!", platzt es aus mir heraus, als ich mich an seine Stimme erinnere. *Sonst noch was?* Langsam steigt Wut in mir auf und meine Verunsicherung und Scham verfliegen. „Ich habe dir gesagt, es ist nichts", wiegele ich ab und straffe die Schultern. Skeptisch sieht sie mich an. „Wenn du es sagst ...!", erwidert sie und bedenkt mich mit einem wissenden Blick.

Gott wie ich es hasse, wenn andere Menschen glauben, mir gegenüber einen Wissensvorsprung zu haben. Ich gehe voran und verlasse die Toilette vor ihr. Am Rascheln ihrer Schürze höre ich, dass sie mir folgt. Hinter uns fällt die Tür ins Schloss. Lilly schließt zu mir auf und gemeinsam machen wir uns auf den Weg an die Theke, um unsere Schicht zu beginnen.

Simon marschiert aus dem Büro genau auf uns zu. Irgendwie hatte ich gehofft, heute nicht mehr auf ihn treffen zu müssen. Er hält Papiere in der Hand, die er im Gehen studiert, so dass er uns nicht auf Anhieb bemerkt. Als wir fast auf seiner Höhe sind, hebt er den Kopf und sieht mich an. Ich schließe den Mund und presse die Lippen aufeinander, als könne das verhindern, dass alle Umstehenden ebenfalls meinen nervösen Herzschlag hören.

Er lächelt mich an. Sein Blick gleitet an mir hinab und bleibt an den nassen Flecken der Bluse hängen. „Hast du eine Abkühlung gebraucht?" Er grinst unverschämt und ist schon an uns vorbei.

„Wow!", sagt Lilly, sieht ihm nach und dann zu mir.

„Was soll das heißen?", schnauze ich. „Wow?", äffe ich sie nach.

Sie lacht herzhaft. „Da hast du dir ja ganz schön was eingebrockt!"

„Was meinst du damit?", frage ich unwirsch.

„Weißt du das wirklich nicht?", fragt sie zurück, bedenkt mich mit einem warmen Lächeln und lässt mich stehen.

Kapitel 8

„Sie bewegt sich nicht mehr!", ruft Alea panisch. Tränen rinnen über ihre erhitzten Wangen.

Alea ist Sinas Tochter und die beiden wohnen in der Etage unter mir. Ich stürze hinter der Theke im Restaurant vor, hocke mich hin und schließe sie in die Arme. „Alles wird gut!", versuche ich sie zu beruhigen. „Erzähl mir, was passiert ist."

„Frau Grünenthal ..... sie ist ....!" Alea wischt sich mit der Rückseite ihrer kleinen, speckigen Hand über die Nase.

„Scht ... meine Kleine!" Ich streiche ihr tröstend über die zuckenden Schultern.

„Sie ist einfach umgefallen!", schluchzt sie.

Mit klopfendem Herzen schnelle ich in die Höhe, nehme sie an die Hand und eile mit ihr in den Personalraum. Dort setze ich sie an den Tisch. „Meine Freundin Lilly kommt gleich zu dir und kümmert sich um dich." Ich streichele ihr beruhigend über den blonden Schopf und unterdrücke die eigene Panik, die unter meiner Oberfläche schwelt.

Aus großen ängstlichen Augen schaut sie mich an. „Ist sie .... ist sie tot?", fragt sie mit einem Zittern in der Stimme.

Oh Gott! Was soll ich der Kleinen darauf antworten? Ich schlucke hektisch. „Nein, ist sie nicht!", erwidere ich mit klopfendem Herzen und schwindender Zuversicht. „Ich sehe jetzt nach Frau Grünenthal und du musst mir versprechen hier zu warten.“

Sie nickt eifrig und schnieft.

Der Kloß in meinem Hals wächst an. Ich wende mich um und verlasse eilig den Raum mit dem Gefühl, dass mir die Zeit davonläuft.

Kurz stoppe ich an der Theke und schildere Lilly, die ein Tablett mit Getränken belädt, was geschehen ist. „Alea sitzt im Personalraum und wartet“, erkläre ich atemlos.

„Verstehe!“ Mit ernstem Gesichtsausdruck sieht sie mich an. „Ich sehe sofort nach ihr“, versichert sie mir.

Ich haste aus dem Restaurant zum Nachbarhaus, schließe mit zittrigen Fingern die Haustür auf und sprinte die Stufen hinauf in die dritte Etage. Innerlich bete ich, dass Alea die Wohnungstür der alten Dame in der Hektik nicht hinter sich zugeworfen hat. Als ich nach der letzten Stufe um die Ecke biege, sehe ich, dass sie offen steht. Gott sei Dank! Inzwischen trommelt mein Herz gegen die Rippen, ich atme stoßweise und gebe Geräusche von mir wie eine Dampflok. Schweiß quillt mir aus allen Poren und durchnässt meine Kleidung. Trotzdem treibe ich mich voran, in die Wohnung, stürme in den Flur und von dort in das Wohnzimmer. Zum Glück ist die Wohnung wie meine geschnitten und ich kenne mich aus. Ich drehe mich einmal um die eigene Achse. Der Raum ist menschenleer.

Es ist totenstill. Bis auf mein gehetztes Schnauben höre ich nichts.

Ich fahre herum und haste in die Küche. Leblos liegt sie dort, totenbleich im Gesicht. Ich lasse mich neben ihrem Kopf fallen. Hektisch fliegen meine Hände über Arme, Oberschenkel und Brustkorb. Ich springe wieder auf und renne hin und her. Kostbare Sekunden verstreichen, während ich kopflos durch das Zimmer irre und ein Strom wirrer Gedanken durch mein Gehirn wirbelt. Ich versuche, mich zu beruhigen, lenke meine Erinnerung auf die zahllosen Folgen einer Serie, die in der Notaufnahme eines Krankenhauses spielt, und auf die Erstmaßnahmen, die sie dort ergriffen. Ich hocke mich wieder neben Frau Grünenthal und suche den Puls unter der weißen Haut an ihrem Hals. Panisch taste ich, verlagere die Fingerkuppen immer wieder und fühle .... Nichts! Ich presse die Finger tiefer in ihren Hals. Doch! .... Da! ... Ein zartes Flattern. Ich springe auf, zerre mit schweißfeuchten Händen das Handy aus der Jeans und wähle zitternd den Notruf. Bis sie kommen werde ich bei ihr bleiben.

Vorerst ist Alea gut aufgehoben. Ich kann nichts weiter tun als warten. Meine Ersthelferkenntnisse sind mehr als bescheiden, deswegen kauere ich mich neben die alte Dame, halte ihre Hand und dränge die Tränen in meinen Augen und den Kloß im Hals zurück. Was, wenn Frau Grünenthal stirbt? Ich versuche, ihr und mir Mut zuzureden, was mir gründlich misslingt.

Unvermittelt hallen Schritte aus dem Hausflur zu mir in die Wohnung. Ich springe auf und renne zur Tür. „Hier her!", brülle ich, damit die Rettungskräfte wissen, wohin. Die Tritte werden lauter und Simons blonder Schopf erreicht den obersten Treppenabsatz. Ich erstarre. Zwar habe ich Lilly Bescheid gesagt, aber in der Hektik vergessen, mich bei ihm abzumelden. Shit! „Ooh ... Simon!", stottere ich und erröte.

„Hallo! Ich wollte nach dem Rechten sehen. Deine Tochter sagte ....!" Er stockt mitten auf der Treppe und starrt mich an.

„Hi! Ich wollte dir Bescheid geben!" Schuldbewusst schlage ich die Hand vor die Lippen. „Aber es ging alles so schnell!", presse ich hervor. „Ich muss zurück!", sage ich und zeige hektisch hinter mich in die Wohnung. Ich drehe mich um und haste an die Seite der bewusstlosen Frau, die alleine auf dem kalten Fliesenboden in der Küche liegt. In der Ferne heult ein Martinshorn und bricht sich an den Hausfassaden. Gott sei Dank! Ich hocke mich zu ihr, nehme ihre Hand, streiche sanft darüber und rede mit ihr. „Sie sind jeden Augenblick hier," sage ich leise und die Erleichterung macht mich benommen.

Simon erscheint hinter mir. „Was ist passiert?"

Ich schildere ihm in knappen Sätzen, wie Alea im Restaurant aufgetaucht ist, ich her geeilt bin, ihren kaum spürbaren Puls tastete und den Notruf tätigte. Er sieht mich besorgt an und verschwindet. Erneut durchlebe ich die vergangenen Minuten und die Panik kocht empor. Tränen rinnen meine Wangen hinab. „Stirb bitte nicht", bete ich still vor mich hin und mein Herz krampft sich zusammen. Aber was, wenn doch, schiebe ich in Gedanken ein.

Als Simon zurückkehrt, hat er ein Glas Wasser in der Hand. „Trink das!", befiehlt er und streckt es mir entgegen.

„Was?", frage ich und fahre erschrocken herum.

Eindringlich sieht er mich an und nickt.

Ich lege die Hand der alten Dame auf ihren Bauch und nehme dankbar das Glas entgegen. Während ich es in einem Zug leertrinke, lässt er sich auf den Boden herab, greift nach den alten knotigen Fingern und umfasst sie mit seinen kräftigen Händen. Ich schaue auf die verschlungenen Finger und dann ihn an. Er ist vollkommen konzentriert darauf, ihr Trost zu spenden und beizustehen, genauso wie ich es vor ein paar Minuten gewesen bin. Ich starre auf seine fein geschwungenen weichen Lippen und bemerke erst, als es bereits zu spät ist, dass er mich ernst ansieht. Glut schießt mir in die Wangen und ich meide seinen Blick. Gott, ich bin total durcheinander.

Lärm hallt aus dem Hausflur in die Wohnung. Wieder springe ich auf und renne zur Wohnungstür hinaus. Diesmal delegiere ich die echten Rettungskräfte hinein. Mit Rucksäcken bepackt, stürmen sie in die Küche, knien sich neben den reglos daliegenden Körper und machen sich an die Arbeit. Simon und ich stehen hilflos nebeneinander und beobachten besorgt das Geschehen.

„Was ist passiert?", fragt der ältere der beiden Rettungsassistenten.

„Sie .... Sie ...!" Tränen treten mir in die Augen und ich schlucke heftig.

Simon neben mir nimmt meine Hand, umschließt sie mit seinen warmen Fingern und übernimmt das Reden für mich. „Sie passt auf die Tochter meiner Freundin auf, während sie im Restaurant arbeitet. Dabei ist sie umgefallen!"

„Wie lange ist sie schon ohne Bewusstsein?", der Rettungsassistent sieht von mir zu Simon.

Der überlegt kurz. „Eine halbe Stunde vielleicht? Genau wissen wir das nicht." Er drückt kurz meine Hand und ich bin dankbar, dass er an meiner Seite ist. Ich sehe von der Infusionsflasche, aus der eine klare Flüssigkeit über einen Schlauch in Frau Grünenthals rechte Ellenbeuge tropft, in ihr Gesicht und bemerke wie ihre Lider flattern. Angespannt kralle ich mich an Simons Hand fest.

„Wir müssen sie mitnehmen!", informiert der Rettungsassistent uns.

„Kann ich mitfahren?", frage ich mit krächzender Stimme.

„Nein. Leider. Aber wir bringen sie in die Uniklinik." Der jüngere Rettungssanitäter erhebt sich und verlässt die Wohnung.

Wenig später kehrt er mit einer Trage zurück, die er neben Frau Grünenthal auf dem Boden ablegt. Auf ein Kommando heben sie die alte Dame mühelos darauf und fahren das Untergestell aus. Die Rettungskräfte arbeiten routiniert und ohne Hektik.

Bevor sie sie davonrollen, dreht sich der ältere Rettungsassistent zu mir um. „Fragen sie in der Notaufnahme nach ihr.“ Damit schieben sie sie davon.

Ich fange unkontrolliert an zu zittern.

Simon zieht mich an sich in eine feste Umarmung. „Hey!“, flüstert er behutsam in mein Haar. „Alles wird gut!“ In kreisenden Bewegungen streicht er mir über den Rücken. Seine Körperwärme dringt mir unter die Haut und bringt meinen zitternden Körper zur Ruhe.

„Besser?“, flüstert er.

Ich nicke an seiner Brust.

„Wir packen ein paar Sachen zusammen und ich bringe dich zur Notaufnahme. Ist das in Ordnung für dich?“

„Ja“, krächze ich kaum hörbar und bin dankbar, dass er die Führung übernimmt, und weiß, was zu tun ist, während ich in den letzten Minuten in eine Art Schockstarre verfallen bin.

Er löst sich von mir und hebt mit Daumen und Zeigefinger mein Kinn, so dass ich ihn ansehen muss. „Ruby?“

„Alles gut!“, flüstere ich, wende mich von ihm ab und setze mich in Bewegung.

Ich verschwinde ins Schlafzimmer, suche eine Tasche und gehe ihre Schränke durch. Die Klamotten, die sie im Krankenhaus brauchen wird, werfe ich hinein, ebenso wie Toilettenartikel. Dabei fällt mir auf, wie ärmlich und spärlich sie ausgestattet ist. Ich wusste, dass sie nur eine winzige Rente bezieht. Ihr Mann war zeit seines Arbeitslebens selbstständig und hat wie viele Selbstständige dieser Generation, zu wenig in die eigene Altersvorsorge investiert. Frau Grünenthal selber hat nie gearbeitet. Sie hat sich um den Nachwuchs und den Haushalt gekümmert und wenn Zeit übrig war, hat sie ihrem Mann im Geschäft geholfen.

Die Kinder.

Seit drei Jahren wohnen wir gemeinsam in diesem Haus, angespült wie Treibgut an einen Strand, aber nie hat sich jemand blicken lassen. Ich muss Sina nach ihren Kontaktdaten fragen. Schließlich sollten sie wissen, was mit ihrer Mutter geschehen ist. Als meine Mutter ..... Ich wische den Gedanken beiseite. Es überfordert mich, jetzt an sie zu denken. Ich packe gerade Zahnpasta und Haarbürste in die Tasche, als Simon mit einem Portemonnaie in der Hand erscheint. Er öffnet es und kontrolliert seinen spärlichen Inhalt.

„Wir sollten ihr Krankenversicherungskärtchen mitnehmen. Weißt du, wo sie das hat?"

Stumm schüttele ich den Kopf, denn mir geht auf, wie wenig ich Frau Grünenthal kenne. Praktisch gar nicht!

„In der Geldbörse ist nichts." Er verschließt sie wieder und verschwindet in die Küche.

Ich folge ihm. „In einem der Küchenschränke?" Ich stelle die Tasche auf dem Küchentisch ab, der bedenklich darunter wackelt, und beginne, die Küchenschränke zu durchforsten. Simon schließt sich mir an, doch ohne Erfolg.

„Ich hoffe nur, sie ist überhaupt krankenversichert!", spreche ich meinen Verdacht laut aus.

„Ich auch!" Simon seufzt. „Lass uns fahren! Ich muss danach zurück in die Küche."

„Alea!", rufe ich, als mir einfällt, dass sie immer noch im Personalraum des Restaurants sitzt und auf mich wartet. Hastig schaue ich auf meine Armbanduhr und stelle entsetzt fest, dass inzwischen über eineinhalb Stunden vergangen sind.

Ich beschließe Sina, ihre Mutter, anzurufen, um sie zu informieren. Sie ist alleinerziehend und arbeitet als Nachtschwester in der Notaufnahme des Elisabethkrankenhauses. Während ihrer Nachtwachenserien passt Frau Grünenthal auf Alea auf. Die Kleine hat sogar ein eigenes Bett bei ihr, in dem sie schlafen kann. Im Gegenzug kümmert Sina sich um die Einkäufe und den Papierkram der alten Dame. Falls sie beim Arzt etwas nicht versteht, klärt Sina sie auf, besorgt die verschriebenen Medikamente in der Apotheke und sorgt dafür, dass sie sie in der angeordneten Dosierung einnimmt. Ich unterstütze beide und bin die Ersatzspielerin, falls jemand ausfällt. So funktioniert unsere Hausgemeinschaft. Sollte also Frau Grünenthal in die Uniklinik eingeliefert werden und Sina weiß nichts davon, wird sie sich unnötig um sie UND Alea sorgen.

„Mach dir um Alea keine Gedanken", sagt Simon, nachdem ich das Telefonat mit Sina beendet habe. „Lilly kümmert sich um sie." Zuversichtlich lächelt er mich an und Wärme breitet sich in meinem Körper aus.

Kapitel 9

Wir stehen in zweiter Reihe vor dem Gebäude der Uniklinik. Fahrzeuge passieren uns, während die Scheibenwischer quietschend über die Scheibe gleiten. Simon sieht mich an und streicht über meine Wange. Meine Haut kribbelt unter seiner Berührung und meine Anspannung wird von einem warmen Gefühl in meinem Magen verdrängt.

„Alles wird gut!", sagt er leise.

„Danke!", flüstere ich und glaube ihm.

Mein Kopf ist auf einmal leer und ich muss mich daran erinnern, wo ich bin und was ich hier will.

„Also dann!" Ich räuspere mich.

„Ruf mich an, wenn du nach Hause willst", sagt er. „Ich hol dich ab", setzt er hinzu, bevor ich mich abwende und auf wackeligen Beinen aussteige.

Oh Mann! Was war das denn? Mein Herzschlag will sich nicht beruhigen. Ich öffne die Tür zur Rückbank und ziehe die Tasche heraus. Das Gefühl, noch etwas sagen zu müssen, dehnt sich in mir aus. Wie in mit Klischees vollgestopften Hollywoodfilmen. Alles kommt mir unwirklich vor, doch ich bin nicht im Film. Stumm wende ich mich zum Hauptgebäude der Uniklinik um und suche auf den Hinweisschildern nach der Notaufnahme. Das hier ist bitterer Ernst. Das wird mir eindringlich bewusst, als ich mich dem Eingang nähere, der gesäumt ist von Patienten in Rollstühlen, aus deren vom Desinfektionsmittel rotverfärbten, geschwollenen Unterschenkeln Drahtgestelle mit Schrauben herausragen. Andere führen quietschende Ständer auf Rollen mit sich, an denen Infusionsflaschen mit klaren Flüssigkeiten schaukeln, die über Schläuche mit Nadeln verbunden in ihren Ellenbeugen verschwinden. Wieder anderen ragen starre Fäden aus den tamponierten Löchern ihrer vermummten Nasen. Das ist ernst und ich male mir das Schlimmste aus. Was wenn Frau Grünenthal stirbt? Was wird dann aus Sina und Alea? Gott, ich wünschte, Simon wäre an meiner Seite. In der Wohnung der alten Dame wirkte er zu keinem Zeitpunkt nervös. Souverän hat er alles erledigt, was getan werden musste. Meine Brust zieht sich zusammen. Auf einmal fühle ich mich allein und ich weiß nicht, ob ich dem hier gewachsen bin.

Damals habe ich ebenfalls hier gestanden und mit flatterndem Herzen die Fassade des in den Himmel ragenden Gebäudes hinaufgesehen. Es ist Jahre her, doch der Schmerz hat sich in mein Innerstes gefressen und dort festgesetzt wie ein Geschwür. Ich war fünfzehn Jahre alt, mein Vater nicht erreichbar und ich mutterseelenallein den Geschehnissen ausgeliefert.

Ich schlucke und versuche, den hartnäckigen Kloß in meinem Hals zu ignorieren. Nervös marschiere ich durch die Drehtür am Haupteingang, wende mich an die Information und reihe mich in die Schlange ein.

Mein Handy piept. Mit zittrigen Fingern fummele ich es aus der Gesäßtasche meiner Jeans. Zwei neue Messanger-Nachrichten. Mein Magen schlägt Purzelbäume. Ich öffne zuerst Sinas. Sie erkundigt sich, ob es etwas Neues gibt. Ich schildere knapp das Geschehene und, dass man Frau Grünenthal in die Notaufnahme der Uniklinik gebracht hat. Mit pochendem Herzen öffne ich Simons Nachricht. Ein Foto von Alea mit einem riesigen Eisbecher vor sich und einem Funkeln in den Augen. Darunter steht: *Deiner Tochter geht es gut. Sie ist bei uns in den besten Händen.* Jetzt erst fällt mir auf, dass er schon die ganze Zeit glaubt, sie sei meine Tochter. Plötzlich habe ich das dringende Bedürfnis, es richtigzustellen, unterdrücke den Drang, das Missverständnis augenblicklich per Nachricht auszuräumen. Wenn ich Alea später im Restaurant abhole, erledige ich das. Seufzend hebe ich den Kopf und begegne dem erwartungsvollen Blick des Servicemitarbeiters an der Information. „Ich suche Helene Grünenthal. Sie ist mit dem Rettungswagen in die Notaufnahme eingeliefert worden."

Er nickt mit finsterem Gesichtsausdruck, tippt auf einer Tastatur herum und schaut suchend auf den Bildschirm, den ich nicht einsehen kann. Ernst sieht er mich an und das Herz sackt mir in die Hose. „Sie wird noch in der Notaufnahme erstversorgt", erklärt er mir und weist mir den Weg.

Ich bedanke mich leise und marschiere los. Wieder fühle ich mich um Jahre zurückversetzt, in die Zeit als meine Mutter hier eingeliefert wurde. Orientierungslos stand ich in dieser riesigen Halle, die mehr einem Bahnhof gleicht, als einer Klinik. Wenn damals nicht eine nette Krankenschwester sich meiner angenommen hätte, weiß ich nicht, was passiert wäre. Sie hat mich nicht nur zu meiner Mutter gelotst, sondern mir auch durch die entsetzlichen Stunden geholfen, in denen sie starb. Mein Magen verknotet sich.

Seitdem habe ich nie wieder ein Krankenhaus betreten. Ich war so wütend auf alles und jeden, aber besonders auf Mama, weil sie mich verlassen hat. Für meinen Vater empfand ich blanken Hass, weil er sie in den Tod getrieben und mich im Stich gelassen hat. Seitdem habe ich mir geschworen, wird es niemals wieder jemandem gelingen, mich allein zu lassen, weil mir zukünftig niemand mehr so viel bedeuten wird.

Simon kommt mir in den Sinn. Wenn er heute Abend nicht gewesen wäre! Ich wische diese Gedanken beiseite und schwöre mir, dass ich seine Hilfe nicht mehr in Anspruch nehmen werde. Sobald ich mich um Frau Grünenthal gekümmert habe, fahre ich mit der Bahn nach Hause.

Ich halte mich an die Anweisungen des Mitarbeiters am Infopoint und folge einem Korridor, der mich direkt in die Notaufnahme leitet, sobald ich das Foyer verlassen habe. Dort sitzt ebenfalls eine Mitarbeiterin hinter einem Tresen. Auch hier muss ich mich wieder an eine Schlange Wartender anschließen. In dem

Gebäudeteil erstreckt sich ein Warteraum mit Reihen von Kunststoffhartschalenstühlen in orange, die den Flair einer Flughafenabflughalle verströmen. Wer hat diese Farbe bloß ausgesucht? Fast alle Stühle sind belegt. Mein Blick huscht über die matten Gesichter und meine Stimmung sinkt rasant auf der Gefühlsskala unter null.

Das Handy vibriert in meiner Hosentasche. Ich drehe mich herum und fummele es aus der Tasche. Doch bevor ich mich der neuen Nachricht widmen kann, sieht die Mitarbeiterin am Infopoint mich missmutig an.

„Womit kann ich Ihnen helfen?", knurrt sie.

„Ich suche Frau Helene Grünenthal", bringe ich mein Anliegen vor und fühle mich klein und unbeholfen unter ihrem strengen Blick.

„Die Patientin wird behandelt und anschließend auf die Intensivstation verlegt. Sind Sie eine Angehörige?"

„Nein! Ich .... Wir ... wohnen im selben Haus. Ich habe hier eine Tasche für sie."

„Wie können wir ihre Familie erreichen?", erkundigt sie sich geschäftsmäßig.

Ich zucke mit den Schultern. „Ich weiß es nicht", antworte ich wahrheitsgemäß und denke, wenn man die Angehörigen informieren muss, dann steht es mies um sie. „Wie geht es ihr? Kann man sie nach der Behandlung auf der Intensivstation besuchen?"

„Wenn Sie nicht mit ihr verwandt sind, kann ich Ihnen keine Auskunft erteilen. Die Tasche können Sie auf der kardiologischen Intensivstation abgeben.“

Ich will sie nach dem Weg zu dieser Intensivstation fragen, doch die Mitarbeiterin, widmet sich bereits dem nächsten Wartenden in der Schlange. Zögerlich wende ich mich ab und sehe mich in der Notaufnahme um. Kein Hinweisschild weist mir den Weg. Ich beschließe, in die Halle am Haupteingang zurückzukehren, um mich dort neu zu orientieren.

Abermals reihe ich mich in die Warteschlange am Infopoint in der Eingangshalle ein. Als ich an der Reihe bin, erkundige ich mich nach dem Weg. Ich folge den Anweisungen des Mitarbeiters und erreiche die Station nach einigen Irrwegen.

Außen, neben der Stationstür, ist eine Klingel angebracht. Ich drücke sie und trete nervös von einem Bein auf das andere. Das Klingeln dringt zu mir vor die Tür, ebenso, wie das Piepsen medizinischer Geräte, untermalt von Lautsprecherdurchsagen auf den Korridoren. Nach wenigen Sekunden wird die Tür von einem Pfleger in zerknittertem und schweißfleckigem Blau geöffnet.

„Was kann ich für Sie tun?“ Erschöpft wischt er sich über das feucht glänzende Gesicht.

„Ich suche Frau Helene Grünenthal“, erkläre ich. „Sie ist über die Notaufnahme gekommen und sollte auf diese Station verlegt werden“, bringe ich mein Anliegen vor.

„Einen Moment!", sagt er und schiebt eine dunkle Strähne hinter ein Ohr. „Ich kläre das!"

Angespannt bleibe ich stehen, während die Tür vor meiner Nase ins Schloss fällt. Sie ist aus Milchglas, so dass ich außer schattenhafter Bewegungen dahinter, nichts erkennen kann.

Es dauert nicht lange und die Tür wird wieder geöffnet. Der Pfleger verschränkt die Arme vor der Brust, bevor er mit gedämpfter Stimme spricht. „Die Diagnostik ist noch nicht abgeschlossen. Hinterher kommt sie auf unsere Station."

„Können Sie mir etwas sagen? Wie es ihr geht?"

„Sind Sie eine Angehörige?", fragt er und sieht mir mitfühlend in die Augen.

Frustriert schüttele ich den Kopf.

Entschuldigend hebt er eine Schulter. „Es tut mir leid! Ich darf Ihnen keine Auskunft erteilen", sagt er leise.

„Ich habe ein paar Sachen zusammengepackt", erkläre ich und halte ihm die Tasche entgegen.

Er nimmt sie und nickt. „Danke!"

Ich wende mich um, spüre seinen mitleidigen Blick in meinem Rücken und Tränen steigen mir in die Augen. Mit aller Macht dränge ich sie zurück. Das ist es, was Krankenhäuser mit mir machen. Sie verwandeln mich in eine wehleidige, hilflose Kreatur.

Kapitel 10

Bis zum Simons habe ich eine dreiviertel Stunde mit der Bahn gebraucht. Ich wollte mich nicht von ihm abholen lassen, obwohl Simon es angeboten hat.

Ich betrete das Restaurant. Mittlerweile ist es nach zwölf. Alea müsste schon lange im Bett liegen.

An einem Tisch sitzt ein Paar bei der Nachspeise. Einem Schokokuchen mit flüssigem Kern und einer weißen Mousse. Sie sind in ihr Gespräch vertieft und bemerken mein Eintreten gar nicht. Wie es wohl ist, einen Partner zu haben, auf den man sich hundertprozentig verlassen kann und mit dem man so tief in Zweisamkeit versinkt, dass man seine Umwelt nicht mehr wahrnimmt? Ich kann es mir nicht vorstellen. Meine Angst vor Kontrollverlust ist viel zu groß, um in solch eine Blase gesogen zu werden. Dabei kommt mir in den Sinn, wie chaotisch mein Leben derzeit verläuft und dass ich gar nichts unter Kontrolle habe. Ich stürme in den Personalraum, aber hier ist niemand. Ich wende mich um und marschiere in die Restaurantküche. Bis auf Erik, Alex und ein paar Spülkräften, ist keiner da. Mein Herz macht einen Satz und ich atme abgehackt.

„Wo ist Lilly?", frage ich erschrocken. Mit großen Augen suche ich hektisch jeden Winkel ab.

„Die ist nach Hause", beantwortet Erik meine panische Frage.

„Alea? Hat sie Alea bei sich?" Ich fahre zu beiden herum. Oh Gott! Falls ihr etwas zugestoßen ist .... Ich denke lieber nicht darüber nach.

„Die hat Simon mitgenommen." Alex mustert mich irritiert.

Soll mich das jetzt beruhigen? Mein Herz pocht schmerzhaft in meiner Brust und mir wird bewusst, wie wenig ich ihn doch kenne. Was wenn er ein Drücker ist und seine Banden im Bully durch die Gegend fährt, um sie auf die Menschheit zu jagen? Missbraucht er Kinder als Einbruchswerkzeug, weil ihr zarter Körperbau so exzellent durch jede Ritze passt? Oder verschachert er sie im Darknet an den Meistbietenden als Opferlamm für diabolische Zusammenkünfte? Ich blinzele die Bilder weg, die sich vor meinem inneren Auge materialisieren und versuche, meine destruktive Fantasie zu stoppen und mit Vernunft an die Sache heranzugehen. Wenn ich ihn wie abgesprochen angerufen hätte, damit er mich an der Uniklinik abholt, wäre es zu dieser Situation gar nicht erst gekommen. Ich bedanke mich bei den beiden und wende mich zum Gehen, als der Gedanke in mir aufblitzt, dass eine Winzigkeit mich daran hindern wird jetzt zu ihm zu fahren und Alea abzuholen. Also drehe ich mich wieder zu den Jungs um. „Wo wohnt er eigentlich?"

Erik und Alex sehen sich an und tauschen einen bedeutsamen Blick.

„Was ist?", frage ich und komme mir bescheuert vor.

Alex zuckt mit den Achseln. „Er wohnt in Weiß“, klärt er mich auf und nennt mir Straße und Hausnummer.

•

Als sein Haus in Sicht kommt, staune ich Bauklötze. Mit riesigem Garten direkt am Rhein. Das muss man sich in Köln erst mal leisten können. Das Restaurant scheint gut zu laufen und reichlich Gewinn abzuwerfen. An der Haustür klingele ich und warte.
Nach einer gefühlten Ewigkeit wird mir endlich geöffnet. Die schöne Brünette steht vor mir auf nackten pedikürten Füßen und wackelt mit den rotlackierten Zehen. „Komm rein“, haucht sie und senkt lasziv die Lider.
Ihr Anblick versetzt mir einen Stich. Irgendwie dachte ich, das Verhältnis der beiden sei rein geschäftlicher Natur und zwischen ihnen laufe nichts, aber auf der anderen Seite ist das nicht meine Angelegenheit. Ich bin nur hier, um Alea abzuholen. Außerdem ist es beruhigend, sie hier zu sehen. Sie hätte sicher verhindert, dass Simon Alea im Darknet verhökert. Ich folge ihrem herzförmigen Po durch den Flur und durch eine Glastür schlüpfen wir in ein riesiges Wohnzimmer. Eine Schwebetreppe führt in das obere Geschoss zu einer Galerie, die an der Außenwand in einem U verläuft. An der offenen Seite des U gewährt eine monströse Glasfront, die sich über beide Etagen erstreckt, freien Blick in den Garten bis hinunter zum Rhein. In einem modernen Kamin, mitten im Raum, knistert

wohlig warm ein Feuer. Das Licht ist gedimmt und auf einem riesigen Kirschholztisch steht ein Dekanter mit Rotwein und zwei gefüllten Gläsern. Simon schaut mit dem Rücken zu uns aus dem Fenster in den Garten. Als er uns kommen hört, dreht er sich herum.

„Warum hast du mich nicht angerufen?", fragt er genervt.

„Warum hast du nicht Bescheid gegeben, dass du Alea mitnimmst?", frage ich verärgert zurück und Röte schießt mir ins Gesicht.

Mit riesigen Schritten kommt er auf mich zu und packt mich an den Schultern. Eindringlich sieht er zu mir hinunter. Wie gebannt starre ich zurück in seine warmen braunen Augen und mein Herz schlägt schnell. Seine Hände streichen mir über die Oberarme und die Berührung versetzt den Schwarm Schmetterlinge in meinem Bauch in Aufruhr. Aus dem Augenwinkel bemerke ich eine Bewegung und fahre herum. Die Brünette hat sich von uns abgewandt und schlüpft mit den Füßen in ihre Pumps. Selbst das sieht bei ihr grazil und sexy aus, viel eleganter, als es bei mir jemals aussehen könnte. Dennoch spüre ich weiterhin Simons Blick auf mir.

Die Brünette nimmt ihre Handtasche von einem Stuhl.

„Wir sehen uns morgen", sagt sie. „Schlaf eine Nacht drüber und lass es dir in Ruhe durch den Kopf gehen."

Ich sehe Simon an, der den Blick nicht von mir abgewandt hat und mich mit glühenden Augen anstarrt.

„Ich denk drüber nach!", murmelt er geistesabwesend.

Sie verlässt das Wohnzimmer, das eher einem Salon gleicht und Simon zieht mich näher zu sich heran. „Wie geht es Frau Grünenthal?", fragt er leise.

„Sie haben mich weder zu ihr gelassen, noch Informationen zu ihrem Gesundheitszustand preisgegeben, weil ich keine Angehörige bin."

Er nickt nachdenklich, zieht mich an seine Brust und streichelt mir tröstend über den Hinterkopf. Registriert er, wie nahe mir die ganze Angelegenheit geht und wie extrem sie mich beschäftigt?

„Hast du Kontakt zu ihren Kindern aufgenommen?", erkundigt er sich sanft.

„Wie denn?", bricht es verzweifelt aus mir heraus. „Ich kenne weder ihre Namen noch weiß ich, wo sie wohnen!"

„Wir überprüfen morgen als erstes ihre Wohnung, ob sie die Kontaktdaten der Kinder irgendwo deponiert hat. Eine andere Möglichkeit wäre, ihren Hausarzt zu kontaktieren. Vielleicht hat sie dort eine Notfallnummer hinterlegt, falls ihr etwas zustößt. Gleich morgen fahren wir ins Krankenhaus und erkundigen uns, wie es ihr geht."

Dieses „Wir" und „Uns" hört sich so erleichternd, so verlockend an, dass es meine Nervenenden in Schwingung versetzt. Ich gebe einen wohligen Laut von mir. Seine Körperwärme, die durch den Stoff der Jacke an meine Haut dringt, löst eine rasende Hitze in mir aus. Er schiebt mich von sich und sieht mich streng an. „Du hättest mich anrufen sollen", sagt er entschieden.

„Ich hätte dich abgeholt und dir gesagt, dass Alea bei mir ist."

Ich schaue zu ihm auf, enttäuscht, dass er sich zurückgezogen hat.

„Zieh deine Jacke aus!", befiehlt er.

Ich tue, was er sagt, weil mir hier echt zu heiß drin ist.

„Wein?" Er nimmt eine Flasche zur Hand und studiert das Etikett.

Ich folge seinen Bewegungen, wie eine Motte dem Licht und auf einmal weiß ich wieder, warum ich hier bin. Alea! Gott, bin ich eine Idiotin! Fast hätte ich sie vergessen. Suchend sehe ich mich in dem Raum um. Hier ist sie nicht. Wie lange bin ich schon hier? Die ganze Zeit habe ich keine Anzeichen ihrer Anwesenheit wahrgenommen, nicht eine Faser ihres Körpers bemerkt, oder auch nur einen Laut von ihr vernommen. Argwöhnisch schaue ich ihn an. „Alea! Wo ist sie?"

„Sie liegt oben und schläft. Es war zu spät für sie!"

„Hol sie her! Wir müssen nach Hause!"

Er sieht von dem Etikett zu mir auf. „Ruby. Sei doch vernünftig. Wenn ich sie jetzt aus dem Bett reiße, ist sie morgen hundemüde."

Widerstrebend muss ich zugeben, dass er Recht hat.

„Sie kann hierbleiben und weiterschlafen", bietet er an.

Das klingt doch vernünftig! Meine innere Stimme meldet sich zu Wort und ich frage mich, auf wessen Seite sie eigentlich steht.

„Du übrigens auch", flüstert er und kommt auf mich zu.

Ich zucke zurück und mein Magen verkrampft sich.

„Ich habe ein weiteres Gästebett", sagt er, hebt eine Schulter und lässt mich nicht aus den Augen.

Allerdings meine ich leichtes Bedauern in seiner Stimme zu hören. Langsam weiche ich vor ihm zurück und spüre unvermuteten Widerstand hinter mir. Ich schaue über die Schulter. Ein Tisch drückt mir unterhalb meines Gesäßes in die Oberschenkel und verwehrt mir den Rückzug.

Als ich mich umwende, steht Simon direkt vor mir. Wieder spüre ich seine Körperwärme und sein Atem ist so nah, dass er über meine Wange streift. Er riecht nach Rotwein und Zedernholz. Ich schließe die Augen und muss alle Kräfte bündeln, um sie wieder zu öffnen.

Er hebt eine Hand und schiebt mir eine Strähne hinter das Ohr. „Wie lange wollte ich das hier schon tun?" Mit dem Zeigefinger streicht er mir über die Wange abwärts und diese Berührung hallt an den irritierendsten Stellen meines Körpers wider und versetzt ihn in Vibration. Er gleitet mit dem Blick über mein Gesicht, scheint jede Kontur in sich aufzunehmen, jede Sommersprosse, sachte entlang des Unterkiefers bis zum Kinn und den Hals hinab, langsam und zäh wie warmer Sirup. Ich lecke mir über die Lippen. Sein Blick wie elektrisiert von der Bewegung angezogen, rückt er näher, presst seine Härte an meinen Bauch und ich schnappe nach Luft. Sanft drückt er gegen meine Schulter, so dass ich mich auf die Tischplatte setzen muss. Ich kralle mich an seinem Nacken fest und das scheint so eine Art Startschuss für ihn zu sein. Gierig drückt er seine Lippen auf meine und küsst mich, stößt seine Zunge in meinen Mund und erobert ihn stürmisch, kriegerisch, besitzergreifend. Mir wird schwindelig. Ich klammere mich an seinem Hals fest, trudele durch Raum und Zeit, wie von einer Welle erfasst, weiß nicht, wo oben und unten ist.

„Wo ist Mama?", ruft eine Stimme hinter uns.

Schwer atmend lässt Simon von mir ab. Ich fahre herum und entdecke Alea. Rote Wangen, traurige Augen. Mein Herz rast in meiner Brust und die Schmetterlinge im Bauch flattern hektisch und finden keine Ruhe. Atemlos gehe ich auf Alea zu, hocke mich vor sie und ziehe sie in meine Arme. „Deine Mama ist arbeiten, Schatz!" Ich schiebe sie ein Stück von mir weg und sehe zu ihr auf.

Bekümmert verzieht sie den Mund zu einer Schnute.

„Ich bring dich nach Hause!", sage ich entschieden. Mein Kopf sagt mir, dass das eine vernünftige Ent-scheidung ist, das Herz protestiert vehement. Dennoch erhebe ich mich. „Wo hast du geschlafen?", frage ich sie, bringe nicht den Mut auf, Simon anzusehen, höre lediglich hinter mir, wie er sich nähert.

„Ich zeige es dir", sagt er und stürmt voraus. Immer wieder sieht er sich um, um sich zu vergewissern, dass wir ihm folgen.

Ich weiche seinem Blick aus und mit jedem Schritt spüre ich seinen Unmut anwachsen. Ich weiß nicht, warum er sauer auf mich ist. Vielmehr sollte ich wütend auf ihn sein, weil er Gefühle in mir auslöst, die mich verwirren und verunsichern. Das will ich nicht! Mein Leben läuft gut, so wie es ist. Ich habe alles im Griff. Die bösartige Stimme in meinem Hinterkopf schreit, dass das eine Lüge ist, der Wagen repariert werden muss, ich mir die Reparatur nicht leisten kann und mit der Miete im Rückstand bin. *Du bist bankrott und deine Lage ist mehr als chaotisch und aussichtslos.* Und deswegen soll ich mit ihm ins Bett steigen und mich prostituieren oder was?

Simon hört meinen Seufzer und dreht sich zu mir um. „Alles in Ordnung?", knurrt er mit einem wütenden Unterton in der Stimme.

Ich nicke bloß, lehne die Fürsorge ab, die im Widerspruch zu seinem Zorn steht, den ich weder einordnen kann noch will. So weit lasse ich mich gar nicht auf ihn ein, um diese Wut zu begreifen. Mit eigenen Problemen beladen beschließe ich deshalb, ihm fürs Erste aus dem Weg zu gehen. So weit wie heute Abend hätte es niemals kommen dürfen. Ich kann es nicht rückgängig machen, aber ich kann so tun, als sei es nie geschehen. Verleugnung ist eine gute Sache, wird allerdings durch die Tatsache ausgebremst, dass ich auf den Job bei ihm angewiesen bin. Aber auch dort gibt es Möglichkeiten, ihm aus dem Weg zu gehen.

Ich spüre förmlich die Distanz zwischen uns anwachsen.

Wir erklimmen die Treppe zur Galerie. Ich nehme Alea an die Hand und helfe ihr die Stufen hinauf, doch inzwischen ist sie so müde, dass sie sie kaum noch hochkommt. Simon bemerkt ihre Erschöpfung ebenfalls, hebt sie auf seine Arme und trägt sie hinauf. Sein Geruch weht mir in die Nase, mein Herz macht einen Satz und mein Widerstand bröckelt. Mist, verdammter!

Ich warte, bis er vorausgegangen ist, und folge ihm in einigem Abstand. Im ersten Stock wendet er sich nach links und geht die Galerie entlang. Alea fallen die Augen schon wieder zu und sie bettet ihren Kopf auf seiner muskulösen Schulter. Sehnsüchtig male ich mir aus, wie es wäre mit meiner Wange auf seiner Brust aufzuwachen. Ich verscheuche den Gedanken sofort. Solcherlei Phantasien erlaube ich mir nicht.

Simon betritt einen Raum, aus dem gedimmtes Licht in den Flur fällt. Ich folge ihm und betrete ein Gästezimmer. Er legt Alea in das zerwühlte Bett und deckt sie behutsam zu. Sofort dreht sie sich auf die Seite, drückt ein Kuscheltier an sich und fängt leise an zu schnarchen.

Simon wendet sich zu mir herum und ein triumphierendes Grinsen stiehlt sich auf sein Gesicht. Geräuschlos ist er mit schnellen Schritten bei mir, ergreift meine Hand und führt mich aus dem Raum. Meine Knie werden weich und mein Atem beschleunigt sich.

Auf der Galerie legt er mir einen Arm um die Schultern und flüstert mir mit rauer Stimme ins Ohr: „Ihr bleibt heute Nacht besser hier." Er grinst zufrieden mit sich. Sein Plan scheint aufgegangen und ich spüre meinen Widerstand wirbelnd in einem Siphon verschwinden. Ich nehme alle Kraft zusammen und stemme die Fersen in den Boden. Ein Ruck geht durch seinen Körper, als er mich vorwärts zieht und an meiner Gegenwehr scheitert. Mit dem Rücken zu mir bleibt er stehen und ein tiefes Knurren bahnt sich den Weg aus seiner Kehle. Langsam dreht er sich zu mir um. Ein Feuer lodert in seinem finsteren Blick. Ich muss Schlucken und mein Herzschlag stolpert in meiner Brust.

„Wie du willst!", flüstert er, legt den Kopf schräg und fixiert mich wie die Beute, die er jagen wird.

Wie gebannt starre ich ihn an und atme flach und schnell. Unvermittelt setzt er sich in Bewegung und ist mit zwei Schritten bei mir. Mit dem Daumen hebt er mein Kinn und mustert meinen Mund wie eine Kostbarkeit, von der er zu gerne naschen möchte. Ich lecke mir über die Lippen, während er seine zusammenpresst und gebannt der Bewegung meiner Zunge folgt. Plötzlich zieht er mich an sich und ich spüre seine hungrigen Lippen auf meinen, seine Zunge, die Einlass begehrt und stürmisch jeden Winkel meines Mundes auslotet. Mir wird schwindelig, ich keuche und meine Knie geben unter mir nach. Mit Leichtigkeit fängt er mich auf, hebt mich auf die Arme und trägt mich in einen anderen Raum. Erregt bemerke ich, wie er mich behutsam auf einem Bett ablegt und die Matratze unter seinem Gewicht nachgibt. Ich öffne die Augen und starre direkt in einen Spiegel an der Decke. Ich sehe mich auf einem zerwühlten Bett und Simon auf allen vieren, der sich auf mich zubewegt und währenddessen den Pullover über den Kopf zieht. Mit dem linken Arm verheddert er sich in dem Kleidungsstück, so dass er schwer neben mir auf die Matratze sackt. Ein nervöses Kichern entschlüpft meiner Kehle und er brummt etwas Unverständliches.

Seine Körperwärme umhüllt mich wie ein Kokon. Aufgekratzt sehe ich ihn an und er versenkt seinen Blick in meinen. Seine Augen lodern schwarz vor Verlangen. Aufgewühlt wende ich den Kopf ab, doch er dreht ihn wieder zu sich herum. „Sieh mich an", flüstert er und hält meinen Blick einen Moment fest. Wie ein Verdurstender drückt er seine Lippen auf meine und fährt mir mit den Fingerkuppen über den Bauch, hinterlässt eine heiße Spur auf meiner Haut und entfacht zwischen meinen Beinen einen pulsierenden Vulkan. Ich keuche auf und drücke meinen Unterkörper gegen seinen, spüre seine Härte und schnappe nach Luft.

„Na, bitte", flüstert er triumphierend. „Wusste ich es doch."

Die Empörung, die in mir aufwallt, erstickt er mit einem weiteren leidenschaftlichen Kuss. Seine Finger gleiten unter die weiße Bluse, meinen Bauch hinauf, über die Brust und umkreisen meine erregten Nippel. Er drückt sie zusammen. Ein lautes Stöhnen dringt aus meinem Mund und mein Körper steht in Flammen. Ich öffne die Augen und entdecke sein triumphierendes Grinsen. Als er die Hand von meiner Brust entfernt, bin ich schmerzhaft enttäuscht, was er mit einem zufriedenen Grunzen quittiert. Er beginnt, mir die Bluse aufzuknöpfen, doch seine Finger zittern so sehr, dass er den Knopf nicht durch das Loch bekommt. Ungeduldig greift er den Stoff mit beiden Händen und reißt ihn auseinander. Knöpfe springen in alle Richtungen, landen im Bett und kullern klackernd auf dem Boden umher. Meine Brustwarzen werden härter und zwischen meinen Beinen pulsiert eine Hitze, die mich fast verbrennt. Er beugt sich über mich, befreit mich aus meinem BH, umkreist mit der Zunge den Bauchnabel und tastet sich hinauf zur Brust, während er gleichzeitig meine Jeans aufknöpft, den String beiseiteschiebt und mit einem Finger in mich eindringt. Ich schreie erstickt auf und beiße in das Kopfkissen.

Meinen harten Nippel nimmt er in den Mund, saugt daran und löst damit ein bittersüßes Ziehen zwischen meinen Beinen aus, während er einen Finger immer wieder in mich hineinstößt.

Er knurrt neben meinem Ohr: „Das will ich, seitdem ich dich das erste Mal auf der Straße traf." Er zieht seinen Finger aus mir zurück und erhebt sich.

Mit fiebrig glühenden Wangen beobachte ich, wie er seine Jeans aufknöpft und zusammen mit der Boxer Shorts abstreift. Gott, wie hart er ist. Und groß! Ohne mich aus den Augen zu lassen fischt er vom Nachttisch eine Kondomverpackung, reißt sie auf und streift sich das Kondom über. Seine Augen leuchten schwarz vor Verlangen, als er meine Beine spreizt, sich dazwischen in Position bringt und tief in mich eindringt. Ich keuche laut auf. Er zieht sich zurück, stößt erneut zu und beobachtet, wie ich vor Lust aufschreie. Seine Haut auf meiner ist heiß, seine Muskeln hart. Er zieht sich zurück, langsamer diesmal, registriert jede Regung meines Gesichts und stößt zu. Tief! Und verharrt.

Überrascht schnappe ich nach Luft.

„Gott bist du feucht und eng!", zischt er und ein wenig Verzweiflung schwingt in seiner Stimme mit. Er zieht sich wieder zurück und entfacht neues Verlangen in mir. Ich schlinge die Beine um seinen Körper, versuche, ihn an mich zu pressen und in mir zu behalten.

Als ich meine Hände an seinen Hintern lege und zudrücke, bricht aus seiner Kehle ein lautes Grollen hervor. Er stößt zu, hastiger diesmal, kraftvoller, zieht sich zurück, wird fordernder und ich spüre seinen Drang, immer schneller und tiefer zustoßen zu müssen. Ich verliere mich, ziehe mich um ihn zusammen. Der Orgasmus schwappt über mir hinweg und spült mich auf dem Gipfel einer Welle davon. Er ist ebenfalls so weit und kommt mit einem heiseren Schrei. Keuchend bricht er über mir zusammen.

Ein feiner Schweißfilm überzieht meine Haut. Mir wird kalt und ich bekomme eine Gänsehaut. Nachdem sein schnaufender Atem sich etwas beruhigt hat, hebt er den Kopf und sieht mich an. Sein Blick versinkt in meinem und mein Herz beginnt zu rasen. Mein Mund ist trocken und ich bringe meinen Verstand zum Schweigen, der schreit: Gefahr! Ich sollte nicht hier sein. Das bringt mich nur in Schwierigkeiten, aber ich fühle mich so wohl in Simons Nähe. Geborgen und sicher. Er erhebt sich von mir und breitet eine Decke über mir aus. Neben mir schlüpft er darunter und dreht sich auf die Seite. „Dreh dich auf den Bauch!", flüstert er mit hungrigen Augen.

Ich tue, was er verlangt. Er taucht unter der Decke ab und streicht mit zwei Fingern an der Rückseite meiner Schenkel aufwärts. Die Spur, die seine Finger hinterlassen, erzeugen ein kribbelndes Feuer auf meiner Haut und erregen mich erneut. Wie kann das sein? Bis jetzt hatte ich nie wirklich Interesse an Sex. Doch Simon bringt mich dazu, zum zweiten Mal innerhalb kürzester Zeit, ihn in mir spüren zu wollen. Er verweilt unterhalb der Wölbung meines Pos und zieht dort feine Kreise. „Dein Hintern ist so sexy!", flüstert er mit kratziger Stimme. Ich werde bereits wieder feucht und mein Gesäß reckt sich seiner Berührung entgegen. Er setzt mit den Fingern seinen Weg fort, quälend langsam über den Po. Ich stöhne laut auf.

„Du machst mich ganz verrückt", sagt er rau. Oberhalb meiner Pobacken verharrt er und zieht abermals Kreise. Mein Unterkörper hat ein Eigenleben und folgt einem eigenen Rhythmus, bewegt sich auf und ab. Mit zwei gespreizten Fingern streicht er die Wölbung meines Gesäßes hinab, landet zwischen den Beinen auf den Schamlippen, fährt über sie hinweg und bedeckt meine Scham mit einer Hand. Ich spreize automatisch die Schenkel so weit, wie es geht, und wieder führt er zwei Finger in mich ein. Ich brenne innerlich lichterloh. Gleichzeitig leckt er mit der Zunge die Innenseite des Beines empor und gesellt sich zu den beiden Fingern. Ich unterdrücke einen Schrei und beiße vor Lust in das Kopfkissen. Ich hebe meinen Po etwas an, so dass er besseren Zugriff hat, und er bearbeitet mich mit Zunge und Fingern. Das heiße Pulsieren in mir schwillt an, schlägt über mir zusammen und verschlingt mich, als ich das zweite Mal zum Höhepunkt komme. Mit geschlossenen Augen liege ich da und versuche, langsam und rhythmisch zu atmen. Doch Simon ist noch nicht fertig. Abermals streichelt er mir über den Hintern und seine Berührung reicht vollkommen aus und ich werde erneut feucht.

„Hoch mit dir!" Wieder ein Befehl und ich tue, was er verlangt, nur zu bereitwillig. Er bringt sich in Position und stößt zu, hält mich an der Hüfte an Ort und Stelle, dringt hart und tief in mich ein. Wieder reißt der Orgasmus mich mit sich wie auch ihn, der in mir pulsiert und über mir zusammenbricht.

Kapitel 11

Das Erste, was ich spüre, als ich aufwache, ist die Wärme seines Körpers. Ich liege mit dem Kopf auf seiner Brust und lausche dem kräftigen Herzschlag. Die letzte Nacht war berauschend, doch je klarer ich werde, desto mehr sprießen dem Zweifel wildwachsende Triebe. Was zum Henker mache ich in Simons Bett? Ich sollte gar nicht hier sein! Auf gar keinen Fall sollte ich hier sein!

Ich hebe den Kopf und beobachte seine kullernden Augäpfel unter den geschlossenen Lidern. Sein Mund zuckt im Schlaf und er murmelt etwas Unverständliches. Ich ziehe mich von ihm zurück und mein Herz zieht sich bereits nach wenigen Metern Distanz schmerzhaft zusammen. Aber es geht nicht anders. Das hier kann niemals gut gehen.

Ich schlüpfe so leise wie möglich aus dem Bett, sammele meine Klamotten vom Fußboden auf und verschwinde aus dem Schlafzimmer. Auf der Galerie ziehe ich mich hastig an. Aus dem Bett dringt ein lautes Gähnen zu mir heraus. Oh, nein! Auf der Flucht will ich nicht von ihm erwischt werden.

„Ruby?" Er klingt verschlafen.

Ich stehe wie eingefroren da, ein Bein in der Jeans, bis zur Kniekehle hochgezogen, und halte die Luft an. Fieberhaft überlege ich, was ich tun soll. Option A: Mich zu Ende anziehen, ins Schlafzimmer zurückkehren und so tun als habe es den Fluchtversuch nie gegeben. Option B: Ich haue auf der Stelle ab. Leider hat Plan B einen Haken. Ich kann nicht ohne Alea verschwinden. Shit!

„Ruby!“, ruft er hellwach und alarmiert.

Ich schlüpfe mit dem zweiten Bein in die Hose. „Ich bin hier!“, flüstere ich, weil ich Alea nicht auch noch wecken will.

„Was machst du denn da?“, erkundigt er sich.

„Mich anziehen.“ Ich streife den Pullover über und betrete das Schlafzimmer. „Wollte dich nicht wecken.“ Ich schenke ihm ein schiefes Lächeln.

Grinsend kommt er auf mich zu, nimmt mein Gesicht in beide Hände und küsst mich leidenschaftlich.

„Mmh!“, mache ich und könnte dahinschmelzen, wenn nicht eine warnende Stimme in meinem Inneren rufen würde: *Das klappt nie!* Und es wie ein Mantra ständig wiederholte. Es misslingt mir, sie zu ersticken.

Er zieht sich von mir zurück. „Was ist?“, fragt er besorgt und sieht mich aufmerksam an.

Die vernünftige Stimme in mir rät in beruhigendem Tonfall: *Jetzt wäre der richtige Zeitpunkt, um über deine Zweifel und Ängste mit ihm zu reden.* Stattdessen sage ich: „Wir müssen los. Die Schule!“ Entschuldigend zucke ich mit den Achseln.

Er nickt und lässt mich los. Der Moment ist so schnell verflogen, ohne dass ich eine zweite Chance bekomme, darüber nachzudenken. Er klettert in eine

Jeans und verlässt mit nacktem Oberkörper den Raum. Das Spiel seiner Muskeln stört meine Konzentration.

„Ich mache Frühstück!", ruft er über die Schulter.

Ich folge ihm, biege aber auf der Galerie ab in Richtung Aleas Schlafzimmer. Als ich es betrete, schläft sie immer noch tief und fest. Ich knie mich neben das Bett und streiche ihr sanft über die Stirn. „Alea! Schätzchen! Du musst aufstehen!" In dem Moment vibriert mein Handy. Ich zupfe es aus der Gesäßtasche der Jeans und schaue aufs Display. Sina. Mist! Mir wird heiß. Ich hatte gestern Abend vergessen, sie zu benachrichtigen, dass Alea und ich nicht zu Hause übernachten, sondern bei Simon. Mit einem unguten Gefühl gehe ich ran.

„Wo seid ihr?", ranzt sie mich an, ehe ich die Gelegenheit zu einem Gruß erhalte.

„Mach dir keine Sorgen ...!"

Sina schneidet mir das Wort ab. „Die mache ich mir aber! Ich komme nach Hause und das Bett meiner Tochter ist leer. Ich klingele bei dir und es öffnet niemand die Tür! Hast du eine Ahnung, was ich ausstehe?"

Ich glühe vor Scham bei der Vorstellung, was Simon und ich heute Nacht getrieben haben. „Es tut mir so leid", flüstere ich.

„Das sollte es auch!", schnauzt sie.

„Willst du sie sprechen?", frage ich leise, in der Hoffnung, dass die Stimme ihrer Tochter sie ein wenig besänftigt. Ich warte gar nicht erst ihre Antwort ab und reiche das Handy an Alea weiter. „Deine Mama“, flüstere ich.

„Hallo!“, piepst sie.

„Alea, Schatz! Geht es dir gut?“

Obwohl der Lautsprecher des Handys aus ist, kann ich Sinas Stimme laut und deutlich hören.

„Ja, Mama. Ich habe in einem riesigen Bett geschlafen in einem coolen Haus!“

„Was für ein Abenteuer“, haucht Sina.

Ihre Stimme ist nicht mehr so schrill und laut wie vorhin. Sie scheint sich zu beruhigen.

„Vom Fenster aus kann man die Schiffe sehen.“

„Das ist toll mein Schatz! Gib mir Ruby bitte nochmal. Bis später und dann machen wir was ganz Spannendes zusammen!“

„Jipiiiih!“, ruft Alea und reicht mir das Handy.

„Wo seid ihr?“, fragt sie nicht mehr hysterisch und wütend, sondern mit ernsthafter Neugier.

Ich erhebe mich und wende mich von Alea ab. „Bei Simon. Er hat sie gestern Abend mitgenommen, sonst wäre es zu spät für sie geworden.“

„Sehr fürsorglich dein neuer Chef“, kommentiert sie ironisch.

„Mmh!“, brumme ich.

„Wie geht es jetzt weiter?“ Ihre Sensationsgier siegt über ihren Ärger.

„Er macht Frühstück und dann bringe ich Alea in die Schule“, antworte ich scheinheilig.

„Das meine ich nicht und das weißt du ganz genau!" , schnauzt sie.

Trotzdem kann ich sie am Telefon förmlich grinsen hören und bin mir gewiss, dass sie nicht mehr ernsthaft böse ist. „Es gibt nichts, was weitergehen könnte", lüge ich.

„Schwindlerin!", höhnt sie. „Ich höre an deiner Stimme, dass zwischen euch was läuft", triumphiert sie.

„Wie du schon korrekt bemerkt hast: Er ist ein äußerst fürsorglicher Chef. Nichts weiter!"

„Ich frage mich, wen du belügst? Dich? Oder mich?"

„Wir frühstücken jetzt", weiche ich aus. „Alea muss in die Schule!"

„So kommst du mir nicht davon!", schnaubt sie. „Wir reden später."

„Da hast du ein Date mit deiner Tochter." Ich lege auf, bevor sie etwas erwidern kann.

„Frühstück!", ruft Simon von unten.

Der Frühstückstisch ist liebevoll gedeckt, mit Messern, Gabeln und Servietten mit bunten Frühlingsblumen darauf. In der Mitte des Tisches steht ein silberner Leuchter, in dem weiße Stabkerzen brennen. Simon strahlt uns an. Tatsächlich will ich vortäuschen, dass Alea und ich keine Zeit mehr fürs Frühstück haben, aber das bringe ich nicht übers Herz.

Simon steht am Herd. Es brutzelt etwas in der Pfanne, das er schiebt und wendet. Es riecht nach Rührei und Speck. Mein Magen knurrt, aber als ich an die Ereignisse der letzten Nacht denke, zieht er sich zu einem festen Knoten zusammen und mir vergeht der Appetit. Das Magenknurren bleibt. Wir setzen uns an den Tisch und Aleas Augen strahlen. Wer weiß, wann sie das letzte Mal so ein ausgiebiges Frühstück mit ihrer Mutter genossen hat, die immer im Stress und auf dem Sprung ist, um ihre kleine Familie über die Runden zu bringen. Aus dem Korb in der Mitte nimmt sie sich ein Milchbrötchen. Ich bin versucht es gegen ein Mehrkornbrötchen auszutauschen und ihr einen Vortrag über die gesundheitsfördernden Inhaltsstoffe zu halten, doch dann überlege ich es mir anders. Ich bin nicht ihre Mutter und will außerdem, dass sie die negativen Erlebnisse des gestrigen Abends so schnell wie möglich vergisst.

Simon kommt mit der Pfanne in der einen und einem Pfannenwender in der anderen Hand an den Tisch und schippt Rührei auf unsere Teller. Es duftet himmlisch, aber meine Kehle ist wie zugeschnürt. Trotzdem stochere ich in der gelben dampfenden Masse, häufe etwas auf die Gabel und führe einen Bissen zum Mund.

Simon beobachtet mich mit zusammengezogenen Augenbrauen. „Schmeckt es nicht?"

Verdattert schlucke ich das Ei hinunter und nicke hektisch.

„Was würde ich darum geben zu erfahren, was du gerade denkst." Er schiebt seine Gabel mit Rührei in den Mund, kaut und konzentriert sich auf den

Geschmack. „Schmeckt ausgezeichnet!", sagt er in einem Tonfall, als habe ich das Gegenteil behauptet. Erschrocken sehe ich ihn an!

Je länger das Frühstück andauert, desto zäher wird die Atmosphäre zwischen uns. Immer wieder sieht er mich über seinen Teller hinweg an und sein Gesichtsausdruck wirkt mit jedem Mal betretener. Schließlich erhebe ich mich vom Tisch, nachdem Alea das restliche Fitzelchen Brötchen mit Ei verschlungen hat. Irgendwie beschleicht mich das Gefühl, dass sie das Frühstück so lange wie möglich hinauszögern will. Sie steht ebenfalls auf, schnappt sich den Teller und trägt ihn in die Spüle.

„Gut erzogen, die Kleine", murrt Simon und sieht ihr nach.

„Ich muss mal!", quengelt sie.

„Du weißt ja, wo du die Toilette findest."

Simon schaut ihr nach. Dann sieht er mich mit zusammengekniffenen Augen an. „Was ist los?", fragt er leise.

Ich öffne den Mund, bringe aber kein Wort über die Lippen.

„Habe ich etwas falsch gemacht?", fragt er.

Ich schüttele den Kopf. „Das ist es nicht!"

„Was dann?" Er hebt die Arme und lässt sie wieder fallen.

„Ich kann das nicht!", sage ich leise.

„Was meinst du damit?", fragt er verärgert und kommt auf mich zu.

Mit jeder seiner Fragen fühle ich mich mehr in die Enge getrieben. „Beziehung und so."

„Beziehung und so", wiederholt er und atmet betont langsam aus. „Soll das bedeuten, du warst nur auf ein kleines Abenteuer aus? Ist es das, was du mir sagen willst?" Mit jeder Silbe wird seine Stimme lauter.

Ich sehe ihn an und erkenne, wie sehr die Worte ihn verletzen. Mein Herz krampft sich zusammen, beim Anblick der fest zusammengepressten Lippen und dem matten Ausdruck seiner Augen. Am liebsten würde ich aufspringen, seinen Kopf an meine Brust ziehen und ihn um Verzeihung bitten. Aber so einfach ist das nicht.

Für mich ist es leichter, zu nicken, und das tue ich auch.

Er schließt die Augen und ein leises Stöhnen entrinnt seiner Kehle, dann rappelt er sich empor. „Ich glaube, es ist besser, wenn du jetzt gehst", flüstert er mit brüchiger Stimme.

Alea hüpft ins Zimmer und ich dränge die Tränen zurück, die in meinen Augen brennen. Mit hängenden Schultern setzt er sich in Bewegung und trägt seinen Teller zur Spüle, während Alea und ich unsere Jacken von den Lehnen der Stühle schnappen, uns abwenden und gehen. Er wendet uns den Rücken zu, stützt sich mit durchgedrückten Armen auf der Spüle ab und lässt den Kopf hängen. Reglos steht er da.

Shit!

Was mache ich denn jetzt? Ich brauche den Job im
Simons. Was, wenn ich das mit einer Nacht alles zer-
stört habe? Außerdem wird es komisch zwischen uns
heute Abend bei der Arbeit.
Shit! Shit! Shit!
Was habe ich mir bloß dabei gedacht, mit Simon zu
vögeln?
Trotz der Reue muss ich dennoch zugeben, wie
unglaublich es war, und mein Körper sehnt sich
bereits nach einer Fortsetzung.

Kapitel 12

Nachdem ich Aleas Schultasche auf dem Weg zu Hause geholt, sie in der Schule abgeliefert und ein weiteres Telefonat mit Sina geführt habe, um ihr mitzuteilen, dass ich ihre Tochter wohlbehalten ihrer Klassenlehrerin übergeben habe, bin ich auf dem Weg in die Uniklinik. An der Information erkundige ich mich nach Frau Grünenthals Zimmernummer, in der Hoffnung, dass sie auf eine normale Station verlegt worden ist, muss aber leider erfahren, dass sie immer noch auf der kardiologischen Intensivstation I liegt. Trotzdem wage ich den Versuch, sie dort zu besuchen. Vielleicht ist sie bei Bewusstsein.

Mit zart aufkeimender Hoffnung nehme ich den mir aus der vergangenen Nacht bekannten Weg. Eine Sache tröstet mich, als ich mich durch das hektische Treiben auf den Fluren der Stationen winde. Die mies gelaunte Schwester, die mich auf so rüde Art in der Notaufnahme abgewiesen hat, wird heute Morgen wohl kaum im Dienst sein. An der Intensivstation angekommen drücke ich den Klingelknopf und warte. Simon geistert mir im Kopf herum. Sobald ich zur Ruhe komme, ist er da. Dieses Mal ist es sein verletzter Gesichtsausdruck, als ich ihn vorhin verlassen habe, und die Frage, wie es weitergehen soll. Wie wird es sein, wenn ich heute Abend im Restaurant meinen Dienst antrete? Wird er mir aus dem Weg gehen? Oder mir bei jeder sich ihm bietenden Gelegenheit eins überbraten?

Die Tür der Intensivstation wird geöffnet und ein Pfleger mit sonnengebräunter Haut und goldblonden Haaren sieht mich fragend an. Simon löst sich vor meinen Augen auf. „Ich möchte zu Frau Grünenthal!“, sage ich schüchtern, während mein Blick über das Namensschild auf seiner Brust huscht.

„Bist du eine Angehörige?“, fragt er.

Ich schüttele den Kopf. „Nein“, antworte ich wahrheitsgemäß. „Aber sie hat niemand anderen!“, insistiere ich und das ist nicht mal eine richtige Lüge, denn hier in Köln hat sie keine Verwandten.

Pfleger Tom schließt die Augen und holt tief Luft. „Also gut“, seufzt er und öffnet sie wieder. „Aber nur fünf Minuten. Sie ist noch sehr schwach und braucht Ruhe.“

Ich nicke erleichtert, froh, vorgelassen zu werden. Alles was du willst Pfleger Tom. Schmutzige Bilder tauchen vor meinem inneren Auge auf.

„Ist was nicht in Ordnung?“, fragt er und rückt die Hose seines grünen Kasaks zurecht.

„All .... Alles gut!“, stottere ich, laufe rot an und frage mich irritiert, was mit mir los ist.

Er schenkt mir ein spitzbübisches Grinsen und ich glaube fast, er hat meine Phantasien erraten.

„Hier liegt sie!“ Er weist mit einer Hand in eine Box, aus der es piept und schlurft.

„Danke!“, flüstere ich.

Eine Hand mit fünf ausgestreckten Fingern reckt er mir entgegen.

Ich nicke. „Fünf Minuten! Ich weiß!"

Er marschiert geradeaus, während ich in die Box abbiege.

Mein Blick bleibt an ihrem blassen Gesicht hängen und in meiner Kehle formt sich ein Kloß. Ihre bläulich durchscheinenden Lider sind geschlossen und ihr Brustkorb hebt und senkt sich regelmäßig, aber offenbar ist sie in der Lage selbstständig zu atmen. Das ist doch ein gutes Zeichen oder etwa nicht? Optimistischer trete ich neben das Bett und nehme ihre Hand in meine. Ein lautloser Seufzer schlüpft ihr über die Lippen und auf einmal bin ich so traurig, weil neben Frau Grünenthals Bett lediglich eine Nachbarin steht, die sie erst seit drei Jahren kennt. So sollte es nicht sein.

Ihre Haut ist eiskalt und ich nehme mir vor Tom beim Gehen zu sagen, dass sie friert. Ich streiche über ihre Hand und meine Fingerkuppen ertasten den violettschwarzen Fleck, der ihren gesamten Handrücken ausbeult. „Hallo Frau Grünenthal!", flüstere ich. „Ich bin es, Ruby!"

Lautlos bewegt sie die Lippen. Ich beuge mich über ihr Gesicht, verstehe trotzdem nicht, was sie sagt. Ich richte mich auf und überlege, was ich ihr erzählen kann. „Alea hat eine sehr abenteuerliche Nacht hinter sich. Bei meinem Chef." Damit beschwöre ich Bilder herauf, ein Schauer rieselt über meinen Rücken und ich denke, meine war auch nicht von schlechten Eltern. „Er hat sich fürsorglich um sie gekümmert, obwohl er selbst keine Kinder hat. Stellen sie sich vor!" Ich lächele ein wenig. Ihre Hand ist einen Hauch wärmer geworden, als ob das Leben langsam in ihren Körper zurückströmt. Trotzdem betrübt es mich sie hier liegen zu sehen.

Tom erscheint in der Box. „Die Zeit ist um!", sagt er und wirft einen prüfenden Blick auf die piepsenden Apparate.

„Ihr ist kalt. Ihre Hand ist eisig. Hast du eine Decke für sie?"

Tom nickt und sieht mich mit einem Blitzen in den Augen an.

Ich verlasse die Box, bleibe jedoch in der Tür stehen und beobachte ihn. „Kann ich morgen wiederkommen?"

„Sicher!" Er drückt zweimal auf dem Infusionsschlauch herum, der die klare Flüssigkeit in Frau Grünenthals Venen befördert und schraubt an dem Regler.

„Also dann, bis morgen!", verabschiede ich mich.

Er grinst breit. „Hast du heute Abend schon was vor?", fragt er.

„Muss arbeiten!" Ich zucke eine Schulter.

„Noch jemand mit unmenschlichen Arbeitszeiten", kommentiert er.

„Bis morgen dann!", erwidere ich, wende mich um und gehe.

Kapitel 13

„Du bist zu spät!", knurrt Simon, als er bemerkt, wie ich das Restaurant betrete.

„Sorry!", rufe ich und erhasche, wie er demonstrativ das Handgelenk hebt, um auf seine Armbanduhr zu schauen, als ich atemlos an ihm vorbei in den Personalraum haste.

„Wie geht es Frau Grünenthal?", fragt Lilly und sieht mich besorgt an, während sie sich ihre Schürze umbindet.

„Sie haben sie gestern Abend mit in die Uniklinik genommen, mehr weiß ich leider nicht. Sie lassen mich nur kurz zu ihr und sagen mir nichts, weil ich nicht mit ihr verwandt bin!"

„Das tut mir leid", drückt sie ihr Mitgefühl aus. „Ich weiß, wie viel dir deine Hausgemeinschaft bedeutet."

Lilly folgt mir und kontrolliert, ob wir beide allein sind, dann sieht sie mich spitzbübisch lächelnd an. „Hattest du einen schönen Abend?", fragt sie scheinheilig.

Perplex von dem abrupten Themenwechsel, weiche ich ertappt einen Schritt zurück und nicke wortlos.

„Erzähl! Was ist passiert!" Sie hebt die linke Augenbraue und brennt vor Neugier.

„Gar nichts", antworte ich.

„Für gar nichts hat er aber verdammt miese Laune", konstatiert sie. „Du hast ihn abblitzen lassen", mutmaßt sie atemlos und reißt die Augen auf.

Ich laufe puterrot an.

„Ooh mein Gott!", kreischt sie und trippelt mit den Füßen aufgeregt auf dem Boden. „Du hast es getan!", ruft sie wissend hinterher.

„Klär mich auf, Lilly", fordere ich sie genervt auf. „Was habe ich getan?"

„Du hast mit ihm geschlafen", sagt sie feierlich und zieht die Stirn nachdenklich in Falten. „Und warum hat er dann so schlechte Laune?", fragt sie irritiert, weil ihr der Zusammenhang unlogisch erscheint.

Ich zucke mit den Achseln und setze eine ahnungslose Miene auf.

„Du hast mit ihm geschlafen und ihm dann eine Abfuhr erteilt. Jaaaaa!" Sie zieht das Ja ohne Luft zu holen so lang, dass ich befürchte, dass sie blau anläuft und erstickt. „Das macht Sinn." Prüfend sieht sie mich an. „Habe ich recht?"

„Kein Kommentar!", erwidere ich.

„Nein, Nein, Nein! So kommst du mir nicht davon. Wir müssen alle heute Simons grässliche Laune ertragen, für die du verantwortlich bist. Du schuldest mir eine Erklärung."

Damit sie meine rot glühenden Wangen nicht sieht, wende ich mich um und zupfe eine saubere Schürze aus dem Regal. Ich positioniere sie vor meinem Bauch und halte ihr die Enden der Bänder auf dem Rücken hin, damit sie eine Schleife binden kann.

„Ich warte", sagt sie und als sie die Schnüre verschlungen hat, dreht sie mich zu sich herum und sieht mich streng an.

Bekümmert schaue ich zu Boden.

„Was ist passiert?", flüstert sie und nimmt mich in ihre Arme. „Du hast dich verknallt", murmelt sie. Sie schiebt mich von sich und mustert mich prüfend. „Was ist dann das Problem, Süße?"

Hilflos zucke ich die Achseln.

„Er ist in dich verknallt, das sieht ein Blinder mit Krückstock. Wenn du dasselbe für ihn empfindest, ist alles in Butter."

Aus ihrem Mund hört sich der ganze Schlamassel kinderleicht und logisch an.

„Es ist eine Katastrophe!", platzt es aus mir heraus.

„Was ist hier los?" Simons Stimme donnert von den Wänden wider.

Lilly und ich haben beide nicht mitbekommen, dass er den Raum betreten hat.

„Wir ziehen uns um", entgegnet Lilly konsterniert und starrt mich mit einem ich-hab-es-dir-gesagt Blick an.

„An die Arbeit Lilly! Ruby, in mein Büro!" Er fährt herum und stapft davon.

„Meine Güte ist der geladen", entfährt es mir.

„Was hast du mit ihm angestellt?", flüstert Lilly mit flatternden Lidern, streckt mir beide Handflächen entgegen und marschiert an mir vorbei.

Für einen Moment bin ich mir selbst überlassen und irritierende Emotionen rauschen über mich hinweg. Vor allem ängstigt mich die Frage, was Simon vor hat. Wird er mich rausschmeißen? Ich hole tief Luft. Hätte, wäre, wenn ... nutzt mir nichts. Die Situation ist, wie sie ist, und ich muss mich ihr stellen.

Mit hämmerndem Herzen verlasse ich den Personalraum und steuere auf die offene Tür von Simons Büro zu. Ich fühle mich wie auf dem Weg zur Guillotine und alle gaffen mir hinterher. Als ich den Raum betrete, stampft Simon zornig auf und ab.

„Mach die Tür zu!", knurrt er.

Ich folge seinem Befehl, aber die kleine Flamme der Wut in mir wächst beständig an und entfacht meinen Widerstand. Was fällt ihm ein mich herum zu kommandieren? Die Stimme der Vernunft in mir antwortet: weil er es kann. Er ist dein Chef. ... Noch!

Also schließe ich die Tür und drehe mich zu ihm herum. Langsam nähert er sich, steht dicht vor mir und greift an meiner Hüfte vorbei nach dem Schlüssel. Knirschend dreht er ihn im Schloss. Empört funkele ich ihn an und setzte zu einem Protest an, doch er zieht mich an sich und presst seinen Mund gierig auf meinen. Mit der Zunge streicht er mir über die Lippen und fordert Einlass. Sofort steht mein Unterleib in Flammen und die Knie werden weich. Ich unterdrücke den Drang, mich an ihn zu pressen, und die Erinnerung, warum ich hier bin, verblasst zur Unkenntlichkeit. Stattdessen tritt die Gier nach ihm in den Vordergrund und fordert Erlösung. Er zieht mich an sich, küsst mich intensiver, leidenschaftlicher. Seine Hände sind überall auf mir, Brüste, Gesäß, Bauch. Er drückt mich gegen die Wand, zieht die Schleife auf meinem Rücken auf und die Schürze fällt zwischen uns zu Boden. Er keucht, als ich mich gegen ihn presse und seine Härte spüre.

„Das habe ich den ganzen Vormittag vermisst", stöhnt er in meinen Mund und schiebt den Rock bis zur Taille hoch. Mein Herz hämmert in meiner Brust und in diesem Augenblick pulverisieren sich alle Zweifel zu Staub und rieseln zu einem feinen Häufchen zu Boden. Ich will ihn! Hier und jetzt!

Er schiebt den String beiseite und seine Finger gleiten in die feuchte pulsierende Spalte.

Ein spitzer Schrei entfährt meinen Lippen.

Besorgt hält er inne und sieht mich an. „Hab ich dir weh getan?"

„Nein!", keuche ich. „Es ist nur ... so ... lange her."

Er grinst spitzbübisch. „Soo lange nun auch wieder nicht", flüstert er, zieht die Finger heraus und schiebt sie langsam hinein. Ich klammere mich an seine muskulösen Schultern, kralle mich in seinen Haaren fest, die Beine knicken unter mir weg, als meine Muskeln zitternd dem Druck nachgeben und der Orgasmus mich mit sich reißt. Simon fängt mich auf, hebt mich hoch und küsst mich. Ich schlinge die Beine um seinen Körper. Er drückt mich mit dem Rücken gegen die Tür, öffnet mit der anderen Hand seine Hose und schiebt sie herunter, während er mich intensiver küsst. „Was machst du nur mit mir?“, murmelt er in meinen Mund und dringt in mich ein.

Widerstandslos lasse ich es geschehen, dass er sich alles von mir nimmt, mich ausfüllt, mich zu einem weiteren Orgasmus reitet, der mich höher hinaufträgt als der vorhergehende. Er stöhnt, als er von seinem eigenen erfasst wird und mit zitternden Beinen sacken wir zusammen auf den Boden.

Vollkommen benommen schöpfe ich Luft. Was ist passiert? *Das, was nie hätte passieren dürfen,* sagt die Stimme der Vernunft in meinem Kopf.

Simon öffnet die Lider und sieht mich an. Seine Augen glänzen verräterisch. Oh nein! Das läuft in eine ganz falsche Richtung. Einmal kann man als Ausrutscher werten, doch ein weiteres Mal? Verflixt noch mal, ich weiß nicht, wie er es anstellt, aber ich hatte zwei Orgasmen. Zwei! Das hatte ich noch nie! Ich gehöre eher zu den Frauen, die einen vortäuschen, um dem Mann das Gefühl zu geben, dass er ein Hengst im Bett ist. Aber bei Simon brauche ich nichts vorzutäuschen. Ohne nennenswerte Anstrengung bringt er mich dazu.

Er zieht mich auf seinen Schoß und streichelt mir zärtlich über die rechte Wange. Mein Herz flattert. Ich öffne die Augen und erst jetzt merke ich, dass ich sie fest zusammengekniffen habe. Um die Realität auszublenden?

Liebevoll sieht er mich an. Hat er das die ganze Zeit getan? Mich beobachtet? Sein Gesichtsausdruck ist voller Hingabe, aber dahinter lauert eine gewisse Vorsicht. „Geht es dir gut?", fragt er wachsam.

Ich nicke langsam, bringe jedoch kein Wort heraus. Normalerweise hat diese Frage eine andere Bedeutung. Nämlich: Auf einer Skala von eins bis zehn, wie gut war ich Baby? Aber in Simons Augen schimmert ehrliches Interesse. „Wir müssen reden", flüstert er. „Über heute Morgen"

Ich nicke wieder. Aber müssen wir das wirklich? Ich ertappe mich bei dem Gedanken, dass ich am liebsten hier hocken bleiben würde. Auf seinem Schoß, seine Arme schützend um mich gelegt. Ich fühle mich so geborgen wie schon lange nicht mehr. Aber was bedeutet das schon? In diesem Moment fühlt sich das gut an, man fühlt sich geliebt und umsorgt und im nächsten befindet man sich im freien Fall. Ich sehe ihn wieder an.

Etwas in seinem Blick hat sich verändert. „Was ist los?", fragt er.

Kann er mir die Zweifel am Gesicht ablesen?

Da klopft es an die Tür.

Simons Lider sinken herab und er presst die Lippen aufeinander. „Shit!", flucht er.

Ich erhebe mich von seinem Schoß.

„Simon? Bist du da drin?" Die Stimme klingt dumpf durch die geschlossene Tür.

„Ich komme gleich!", krächzt er und lässt mich dabei nicht aus den Augen. Ich richte Rock und Bluse und hebe die Schürze vom Boden auf.

„Wir führen dieses Gespräch!", sagt er bestimmt und der Klang seiner Stimme verrät mir, dass er keinen Widerspruch duldet. „Du gehörst zu mir Ruby!", flüstert er und sieht mich intensiv an.

Mein Herz krampft sich zusammen und mir ist schlecht. Reden bedeutet, das ahne ich bereits, dass all das Ungesagte, das ich tief in den Windungen meines Hirns verberge, ans Licht gezerrt wird. Ich spüre, dass ich bei Simon mit all den Floskeln, die zur Verwirrung und Abwehr dienen, nicht weit kommen werde, und das macht mich nervös. Niemand ist bisher durch die Fassade gedrungen und hat an mein Innerstes gerüttelt, aber ich spüre, dass Simon in der Lage sein wird an diesem Kern zu rühren. Es gibt Erlebnisse, die habe ich vergessen und will sie nie zurück an die Oberfläche holen, sondern in der Kiste im hintersten Stübchen meines Bewusstseins vergraben lassen.

Simon beobachtet mich aufmerksam. „Es geht hier nicht nur um dich", sagt er, als könne er Gedanken lesen.

„Das weiß ich", murmele ich leise.

Er zieht sich ebenfalls an. Dann kommt er auf mich zu und nimmt mich in seine Arme. Sofort ist es wieder da. Dieses Gefühl von Geborgenheit. Ich kuschele mich an ihn, sauge seinen Duft auf und er gibt ein zufriedenes Knurren von sich.

„Ich empfinde sehr viel für dich, weißt du?", flüstert
er an meinem Ohr. „Und ich will das hier nicht kaputt
machen." Er schiebt mich von sich und sein Blick
bohrt sich in meinen.

Mein Magen zieht sich zusammen und mein Herz
setzt einen Schlag aus, bevor es einen Trommelwirbel
gegen die Rippen veranstaltet. Ich bekomme keine
Luft mehr und in mir regt sich der Fluchtinstinkt.

Simon hebt mein Kinn an und küsst mich sanft auf die
Lippen. Widersprüchliche Emotionen ringen in mir
miteinander. Der Fluchtinstinkt kämpft gegen das
Gefühl der Geborgenheit und Sicherheit, das ich in
seiner Nähe empfinde. Im Kopf rauscht es, mein
Mund ist wie ausgetrocknet.

Simon gibt mich frei und geht zur Tür, um sie aufzu-
schließen. „Wir reden später!", bestimmt er und hält
mir die Tür auf.

Als ich den Gastraum betrete, schwenken alle Köpfe
zu mir herum. Ich sauge ihre Blicke an wie Licht
Motten in der Finsternis.

Lilly klappt die Kinnlade herunter, als sie mich
ansieht. Sofort setzt sie sich in Bewegung und kommt
auf mich zu. „Ich dachte, du hast ihm eine Abfuhr
erteilt!", flüstert sie aufgeregt.

Ich bleibe stumm.

„Ruby!", sagt sie leise, aber eindringlich. „Rede mit
mir!"

„Du wolltest, dass er keine miese Laune mehr hat!",
schnauze ich im Flüsterton. „Et voila!" Ich weise mit

der geöffneten Hand in seine Richtung und beobachte ihn mit klopfendem Herzen und Unruhe in der Magengrube. Tatsächlich! Er strahlt wie ein Honigkuchenpferd, als habe er eine kostbare Errungenschaft ergattert. „Bombenlaune", murre ich und sehe Lilly wieder an.

„Und wie geht's jetzt weiter?", fragt sie.

Ich zucke mit den Schultern. „Ich weiß es nicht", flüstere ich resigniert und setze mich Richtung Bar in Bewegung.

„Empfindest du etwas für ihn?" Sie läuft mir dicht auf den Fersen hinterher. Lilly werde ich nicht entkommen.

Tja! Was genau empfinde ich für Simon? Das ist die Eine Millionen Euro Frage. Das aus meinem Gefühlstohuwabohu zu extrahieren scheint mir unmöglich. Ich bleibe stehen und sehe sie verzweifelt an. „Ich weiß es doch auch nicht? Keine Ahnung, was hier passiert? Ich bin so verwirrt." Tränen steigen mir in die Augen.

Lilly drückt mich an sich. „Süße!", flüstert sie mitfühlend.

Ich schlucke schwer und beobachte Simon, der auf dem Weg in die Küche stehen bleibt und Lilly und mich beobachtet. Er kneift die Augen zusammen und runzelt die Stirn und ich bin mir sicher, dass er sich im Kopf eine Notiz macht und das nicht unkommentiert bleiben wird.

Kapitel 14

Die letzten Gäste zahlen. Es ist nach zwölf. Die Straßen draußen sind nass und der Schein der Laternen schimmert matt auf dem Pflaster. Regen trommelt auf die Deckel der Abfallcontainer im Hinterhof.

Im Verlauf des Abends habe ich Simon nicht oft gesehen. Er war in der Küche beschäftigt, ich im Service. Trotzdem hat mich die ganze Zeit eine innere Unruhe fest im Griff, die sich jetzt zu einem kräftigen Schlag meines Herzens ausweitet, gegen die harte, frostige Kralle, die es zusammenpresst. Je mehr Zeit nach dem heißen Sex in seinem Büro verstreicht, desto größer werden die Zweifel, dass das mit uns etwas werden kann. Ich binde die Müllsäcke hinter der Theke zusammen, ziehe sie aus den Eimern und zerre sie in den Hinterhof zu den Containern. Unterwegs treffe ich auf Lilly, die die Säcke aus der Küche geräuschvoll hinter sich her schleift, weil sie zu schwer zum Tragen sind. „Alles gut?", fragt sie mich.

Es war eine Menge los heute Abend, wir sind viel gelaufen, um die Wünsche unserer Gäste adäquat zu erfüllen. Laut Alex oberste Philosophie im Simons. Wir treten aus dem Gebäude heraus und steuern auf die Container zu.

„Ich bin geschafft!", stelle ich fest.

„Ab nach Hause und in die Wanne?", schlägt sie fragend vor.

Ich nicke, gleichzeitig betritt Simon den Hinterhof mit einer Flasche Wein und zwei Gläsern in der Hand. „Lässt du uns bitte allein, Lilly!", bittet er sie.

„Ja, klar!", entgegnet sie bereitwillig, mit einem wissenden Unterton in der Stimme.

Während wir beobachten, wie Lilly die Müllsäcke in die Container bugsiert, tritt eine zähe Stille ein. Als sie sich umdreht und an mir vorbeigeht, zieht sie die Augenbrauen in die Höhe und grinst unverschämt. Ich verdrehe die Augen und stopfe meinerseits Säcke in den Container.

Simon entkorkt die Weinflasche, gießt uns beiden ein und reicht mir ein Glas. Während ich einen nervösen Schluck nehme, schwenkt er den Wein im Kelch, begutachtet seine Farbe im Mondlicht und nippt daran. Das muss ein kostbarer Tropfen sein, denn beim Trinken schließt er die Augen und konzentriert sich ausschließlich auf den Geschmack. Ich nehme erneut einen Schluck, tue es ihm nach und schließe die Lider. Es stimmt. Er schmeckt himmlisch, aber mehr kann ich beim besten Willen aus dem Bukett nicht herausschmecken.

Als ich die Augen wieder öffne, grinst er mich an. „Rosmarin und torfhaltiger Boden."

„Was Weine angeht, bin ich ein Banause", erwidere ich und nehme einen weiteren Schluck. Ich trinke zu hastig, weil meine Anspannung wächst, und der Alkohol benebelt mir die Sinne.

Simon wird ernst. „Warum bist du heute Morgen so schnell abgehauen, regelrecht geflohen?"

Stumm sehe ich ihn an und versuche, mir eine Erklärung zurechtzulegen, die ihm logisch erscheinen und keine Zweifel hinterlassen wird. In seinen Augen lese ich, dass er sich nicht mit dem billigen Argument abspeisen lässt, dass ich Alea in die Schule bringen musste. Mir wird klar, dass ich ehrlich zu ihm sein muss, alles andere wird er mir nicht glauben und hat er nicht verdient. „Ich war nervös." Erneut trinke ich von dem Wein.

Simon sieht mir aufmerksam in die Augen und ich erkenne Verständnis darin, keinerlei Urteil. Das schenkt mir Vertrauen. „Ich bin unsicher ...", setze ich an.

„Simon! Da bist du ja!". Katharina erscheint im Hinterhof.

Wie immer, wie aus dem Ei gepellt. Sofort fühle ich mich klein und schäbig neben ihr. Simon bemerkt, wie ich zusammenschrumpfe.

Er verengt die Augen zu schmalen Schlitzen und fährt zu ihr herum. „Wir sind im Gespräch!", sagt er scharf.

Sie sieht mich gelassen an, wendet sich ihm wieder zu. „Ich muss mit dir reden!", entgegnet sie sein Argument ignorierend und lächelt zuckersüß. „Es ist wichtig!", flötet sie lieblich und auf einmal erinnert sie mich an die Schlange Kaa, die Simon etwas ins Ohr zischt, ihn hypnotisiert mit ihrem Wimperngeklimper und ihn mit ihrem Gesäusel manipuliert.

Mit gesenktem Kopf setze ich mich in Bewegung, auf der einen Seite froh, dem Gespräch entronnen zu sein, auf der anderen ahne ich jedoch, dass es gut gewesen wäre, einige Dinge zu klären.

„Bleib!", bittet Simon mich.

Ich erstarre in der Bewegung, hebe den Kopf und sehe in seine warmen, erwartungsvollen Augen.

„Das ist nur für vier Ohren bestimmt, was ich mit dir zu besprechen habe", fährt die Natter dazwischen.

Ich wende den Blick von ihr wieder zu ihm und spüre .... was? Enttäuschung?

„Wartest du auf mich?", wiederholt er seine Bitte leise.

Ich nicke und strecke die Hand aus. „Wenn diese Köstlichkeit mir Gesellschaft leisten darf?" Ich greife nach der Weinflasche auf der Fensterbank neben einem überquellenden Aschenbecher.

„Sicher", sagt Simon erleichtert lächelnd und wendet sich Katharina zu. „Was gibt es denn so Wichtiges, das nicht warten kann?", fragt er sie mit ernstem Gesichtsausdruck.

Als sie anfängt zu reden, bin ich schon wieder im Restaurant und höre nicht mehr, worum es geht. Das Schicksal hat mir eine Schonfrist geschenkt und ich habe die Möglichkeit, mich in Ruhe vorzubereiten und mir Antworten zurechtzulegen.

Die Kollegen sind alle gegangen. Ich setze mich an einen der Tische im leeren Gastraum und gieße mir Wein ein. Ich betrachte das Etikett, als auf einmal Erik vor mir steht. „Was haben wir denn da für eine Kostbarkeit?", fragt er.

Ich lese die Traube und den Winzer ab. Irgendwas Französisches. Ich sehe zu ihm auf, weil er nichts sagt, und bemerke, dass er mich anstarrt. Tut er das schon die ganze Zeit? Er runzelt die Stirn und legt den Kopf leicht schief, als er scheinbar zu einem Entschluss gekommen ist, und schiebt sich mir gegenüber auf die Bank.

„Möchtest du?", frage ich und tippe mit dem Zeigefinger die Flasche an.

Sacht schüttelt er den Kopf und schaut kurz an die Decke, bevor er mich erneut ansieht. „Weißt du, ich mag dich!", sagt er leise, holt tief Luft und senkt den Blick auf die Tischplatte. „Deswegen muss ich dir was sagen."

Gespannt presse ich die Lippen aufeinander und den Kiefer fest zusammen.

„Es gibt da etwas, das du über Simon wissen musst", sagt er leise.

„Ich bin mir nicht sicher, ob ich das hören will", entgegne ich und schaue ihn mit großen Augen an.

„Du solltest es dir aber anhören", insistiert er. Er greift nach der sauberen Stoffserviette, die für den folgenden Tag eingedeckt wurde, und knetet sie mit den Händen. „Es ist wichtig!"

Ich weiß nicht, was ich tun soll. Klar ist jedoch, dass das, was Erik zu sagen hat, den Samen des quälenden Zweifels in mir zu einer ausgewachsenen Giftpflanze explodieren lassen wird. „Ich weiß nicht, Erik. Ich bin mir sicher, falls Simon mir etwas zu sagen hat, dann wird er es tun!"

„Es geht um Katharina!" Und schon hat er mich im Köcher. „Warum ist sie jetzt wohl bei ihm?" Seine Stimme wird eine Spur aggressiver.

Ich weiche mit dem Oberkörper gegen die Lehne der Bank zurück.

„Die beiden führen eine On-off-Beziehung. Immer wieder ist Schluss und dann kommen sie erneut zusammen."

„Ich weiß, was eine On-off-Beziehung ist!", grätsche ich unwirsch dazwischen. Warum drängt er mir einen Sachverhalt auf, den er für die Wahrheit hält, aber nicht der Realität entsprechen muss? Ich habe den Gedanken nicht zu Ende gedacht, bevor er weiter-spricht.

„Sie war schwanger."

Mir klappt die Kinnlade herab und eine Gefühlswalze rollt über mich hinweg wie eine Feuersbrunst. Ich weiß, wir kennen uns nicht sehr lange, und alles, was wir haben, ist zweimal Sex miteinander. Er hat keine Veranlassung mir derart intime Details seiner Ex Beziehung mitzuteilen, trotzdem sprießen der explodierenden Giftpflanze des Zweifels wilde Triebe und sie vermehren sich.

Doch Erik ist nicht fertig. Er kneift kurz die Augen zu, bevor er weiterspricht. „Simon hat sie gezwungen, das Baby abzutreiben!"

Kapitel 15

Vollkommen benommen taumele ich auf die Straße und ehe ich mich versehe, bin ich in meiner Wohnung, liege auf dem Bett und rolle mich ein wie ein Embryo. Das hätte ich Simon nicht zugetraut. Warum hat er das getan? Ich verstehe das nicht. Er war so nett zu Alea, hat sich liebevoll um sie gekümmert, als sie bei ihm geschlafen hat. Eins steht auf jeden Fall fest. Jemand der seine Freundin zu so einer Gräueltat zwingt, kann kein Partner für mich sein. Leider sprechen meine Gefühle eine andere Sprache.

Das Klingeln an der Wohnungstür reißt mich aus den widerstreitenden Gedanken, die in mir toben. Ich will nicht aufstehen, niemandem meinen niedergeschmetterten Gefühlszustand offenbaren.

„Ruby!", ruft Sina. „Bitte, es ist ein Notfall!"

Was kann mitten in der Nacht so dringend sein? Ich rappele mich von meinem Bett auf und schleppe mich mit hängenden Schultern zur Wohnungstür. Sina legt direkt los, nachdem ich geöffnet habe. „Die Notaufnahme hat mich angerufen. Meine Kollegin Nora ist zusammengeklappt. Sie brauchen jemanden, der einspringt."

„Die wissen doch, dass du eine kleine Tochter hast und das so spontan nicht kannst."

„Die wissen auch, dass ich die Extrakohle, die das einbringt, gut gebrauchen kann, um über die Runden zu kommen." Außer Atem lehnt sie sich mit einem Unterarm an den Türrahmen.

Seufzend sehe ich sie an.

„Bitte Ruby!", fleht sie. „Kannst du ...?"

„Also gut! Wann muss Alea morgen früh in der Schule sein?" Ich unterdrücke ein Augenrollen. Kann man in diesem Haus nicht einmal in Ruhe seinem Liebeskummer frönen?

„Um 8 Uhr", antwortet sie.

„Ich packe nur kurz ein paar Sachen zusammen, bin sofort da!"

Erleichtert fällt Sina mir um den Hals. „Du bist ein Schatz!", flüstert sie an meinem Ohr, löst sich aus der Umarmung und sprintet die Treppe hinab in ihre Etage.

Ich kehre zurück in die Wohnung, pflücke Jogginghose und Sweatshirt von der Stuhllehne im Schlafzimmer und ziehe das Plumeau vom Bett, bevor ich mich ebenfalls ins Erdgeschoss begebe. Ich hoffe, dass Frau Grünenthal bald wieder gesund wird, damit unsere Hausgemeinschaft zu alter Funktionstüchtigkeit zurückfindet. Wie es ihr wohl geht? Ich sehe auf meine Armbanduhr. Ein Uhr dreißig. Zu spät um sich telefonisch nach ihrem Zustand zu erkundigen.

Ich betrete Sinas Wohnung, in der sie bereits sehnsüchtig auf mich wartet.

„Danke nochmal!", raunt sie, als sie an mir vorbei in den Hausflur huscht. Von draußen dringt das Klicken der wuchtigen, ins Schloss fallenden Haustür zu mir herein und plötzlich ist es still. Über mir in meiner Wohnung klingelt es, aber logischerweise summt nicht der Türdrücker. Ist keiner da, der ihn betätigt. Das Läuten wird penetranter. Ich könnte die Haustür öffnen und nachsehen, wer so hartnäckig mitten in der Nacht Einlass begehrt, aber die Tatsache, dass ich mit Alea alleine in dem großen Haus bin, ermutigt mich nicht gerade zu dieser Heldenhaftigkeit. Also ignoriere ich das Klingeln, schleppe das mitgebrachte Bettzeug ins Wohnzimmer und werfe es auf Sinas abgewetztes Sofa. Hier werde ich für die kommende Nacht mein Lager aufschlagen. Allerdings sieht das Polstermöbel nicht sehr einladend aus. Ich spüre bereits den Nackenschmerz, der mich morgen früh nach einer Nacht mit dem Kopf auf der hohen Armlehne malträtieren wird, denn es scheint selbst für mich zu kurz.

In der Küche öffne ich den Kühlschrank. Eine angebrochene Weißweinflasche sieht verlockend aus. Ich greife mir aus einem Schrank ein Wasserglas und fülle es bis zum Rand. Mir ist danach die Außenwelt auszuschließen, doch ohne Hilfsmittel gelingt es mir nicht, die auf mich einprasselnden Gedankenströme abzuwehren. Wein ist sicher keine Lösung, aber kein Wein auch nicht. Also trinke ich einen großen Schluck und bin doch sofort wieder bei Simon. Kann ich mir vorstellen, dass er jemanden dazu zwingen würde, sein Baby abzutreiben? Ich weiß es nicht. Ich muss mir eingestehen, dass ich ihn dafür nicht genug kenne. Im Kopf trage ich die Informationen über ihn zusammen, die ich habe, und muss feststellen, dass es verschwindend wenige sind.

Also google ich ihn.

Er hat sogar einen Wikipediaeintrag: *Simon Pütz. Geboren am 01.05.1994. Sternzeichen Stier.*

Die sind stur, immer mit dem Kopf durch die Wand.

Er erkochte sich mit seinem Restaurant Le Petit einen Michelinstern, den er wieder verlor.

Warum der Stern aberkannt wurde, war nirgendwo aufgeführt. Ich gebe in die Suchleiste den Namen des Restaurants ein. Die Überschrift eines Zeitungsartikels springt mir ins Auge.

„Der aufstrebende Stern des Le Petit erlischt!"

Ich klicke die Überschrift an und der Artikel einer Kölner Tageszeitung baut sich auf. Sofort fliegen meine Augen über die Zeilen.

„Hochmut kommt vor dem Fall. Im Falle des Untergangs des Le Petit könnte man sagen, dass diese Weisheit sich bewahrheitet hat. Der Koch Simon Pütz griff nach den Sternen und stürzte ab. Zu den Gründen ist im näheren Umfeld zu hören, dass er sich einige Eskapaden zu viel geleistet hat, die ihm die Gäste nicht verziehen. Noch weniger Verzeihen konnte ihm sein langjähriger Geschäftspartner und Freund Markus Oligschläger, der ihm nicht nur die Geschäftsbezie-

hung, sondern auch die Freundschaft gekündigt zu haben scheint.“

Wow! Was für ein reißerischer Artikel. Normalerweise liest man derlei Dinge nur über Promis, aber über ehemalige Sterneköche?

„Aus bestens unterrichteter Quelle wissen wir, dass Simon Pütz sich zurückgezogen hat, um seine Wunden zu lecken.“

Der Artikel strotzt vor moralischer Bewertung oder eher Abwertung von Simons Persönlichkeit. Hat der Autor eine Rechnung mit ihm offen? Und wer ist überhaupt diese *bestens unterrichtete Quelle*? Einen Bericht dieser Art hätte ich der Bildzeitung zugetraut, keinesfalls einer renommierten Kölner Tageszeitung. Ich schließe den Artikel und entscheide, keine weiteren Informationen aus dem Internet zu beziehen, deren Wahrheitsgehalt ich unmöglich verifizieren kann. Falls ich genau wissen will, was es mit diesen skandalösen Geschehnissen auf sich hat, muss ich das von Simon direkt erfahren. Die Frage ist, ... finde ich den Mut dazu, mich bei ihm danach zu erkundigen.

Kapitel 16

Mein Handywecker heult, ich schnelle herum und ein stechender Schmerz fährt mir vom Nacken in den Rücken. Ich presse die Lider fest zu und stöhne laut. Shit!

Ächzend drehe ich mich zum Handy um, taste blind danach und drücke den nervenden Signalton aus. Ich öffne die Augen, starre mein zerzaustes Spiegelbild auf dem stummen Flachbildfernseher an und alles fällt mir wieder ein. Sina vor der Tür, mein Bettzeug auf ihrem unbequemen Sofa, daher die Rückenschmerzen heute Morgen.

Ich quäle mich aus den Tiefen des Polsters und tapse in Aleas Zimmer. Ich blinzele in die Dunkelheit, bis meine Augen sich daran gewöhnt haben, und ich die unter der Bettdecke vergrabene Gestalt erahne, die sich nicht regt. „Alea!", flüstere ich und schleiche auf sie zu. „Du musst aufstehen!" Sanft rüttele ich sie an der Schulter.

Sie murrt kaum hörbar etwas Unverständliches, und dreht sich auf die andere Seite.

Alea ist also ein Morgenmuffel. Alles klar! Darin stehe ich ihr in nichts nach. Ich ertaste ihre Schulter, erwische den Oberarm und rüttele fester. „Du musst in die Schule!", rufe ich.

Sie zieht die Decke über den Kopf.

So früh am Morgen steht mir nicht der Sinn nach einer Diskussion, in der Nachgeben keine Option ist. „Alea, bitte!" Ich lasse mich neben ihr auf die Matratze sinken. „Mach es uns doch nicht so schwer!" Mir geht durch den Kopf, dass sie in den letzten Tagen viel mitgemacht hat. Einer ihrer wichtigsten Bezugspersonen wurde von einem Krankenhaus verschlungen und bisher nicht wieder hervorgewürgt. Für sie ist sie einfach in einem menschenschluckenden Moloch verschwunden und keiner weiß genau, ob sie lebt. Sobald ich Alea in die Schule gebracht habe, werde ich in die Uniklinik fahren und nach Frau Grünenthal sehen. Langsam macht es mich wütend, dass wir nichts erfahren, weil wir keine Familienangehörigen sind. Wir sind ihre Freunde und Nachbarn und sorgen uns um sie, während sich von ihren Kindern niemand kümmert. Das sollte denen im Krankenhaus doch zu denken geben. Ich streiche Alea über den Rücken. „Ich weiß, dass es im Moment schwierig ist, für uns alle!", sage ich sanft. „Aber hey, wir kriegen das hin. Gemeinsam."

Sie dreht sich zu mir herum und zieht sich die Decke vom Kopf. Mit großen Augen starrt sie mich erwartungsvoll an. „Versprochen?"

Von meiner Mutter habe ich gelernt, dass man nichts verspricht, was man nicht hält. Sie hat mir geschworen, immer für mich da zu sein, und niemand bereitete mich darauf vor, als sie es nicht vermochte.

Ich recke Alea meine Faust hin. „Alle für einen und einer für alle!", rufe ich theatralisch.

Sie ballt ihre winzige Hand ebenfalls und hält ihre Fingerknöchel gegen meine. Wir besiegeln unseren Schwur, in dem wir auf ein geheimes Zeichen hin die Hände synchron öffnen, dabei mit den Fingern wackeln und unsichtbaren Schwurglitter herabrieseln lassen. Mein Handy vibriert in meiner Hosentasche. Ich ziehe es heraus und sehe auf dem Display, dass Simon anruft. Ich drücke das Gespräch weg. Eine Konfrontation mit ihm überfordert mich augenblicklich und muss warten. Ich stecke das Handy wieder weg und bemerke, dass Alea mich aufmerksam beobachtet.

„Belangloser Krimskrams!", wiegele ich ab und hebe eine Schulter. „Du bist jetzt wichtig." Ich zwinkere ihr zu, zerre die Bettdecke weg, die sie fest umklammert, schleudere sie auf den Fußboden, stürze mich auf sie und kitzele sie am Bauch.

Alea kreischt und lacht und ihre Augen leuchten und blitzen und das erleichtert auch mein Herz. Ich drücke ihr einen Kuss auf die Stirn. „Aufstehen!", befehle ich, denn wir sind mittlerweile knapp dran.

Ich gehe in die Küche, um Frühstück zuzubereiten. Alea schleicht hinter mir her ins Bad. Ich höre Wasser ins Waschbecken glucksen und das Brummen der elektrischen Zahnbürste. Erleichtert darüber Alea ein wenig aufgeheitert zu haben, schmiere ich ihr ein Brot für die Schule und eins für auf die Faust auf dem Weg.

Vernünftig zu frühstücken schaffen wir jetzt nicht mehr.

„Hast du deine Schultasche gepackt?", frage ich und erhalte keine Antwort. Die Zahnbürste ist inzwischen verstummt und der Wasserhahn läuft. „Was ziehst du heute an?"

„Weiß nicht!", antwortet sie ein wenig lustlos.

Ich habe keine Ahnung, ob man Kindern in dem Alter Kleidung bereitlegt, oder ob sie über die Kleiderfrage allein entscheiden. Einmal mehr wünschte ich, ich könnte meine Mutter anrufen und sie einfach fragen. Aber das geht seit einer Ewigkeit nicht mehr und Schwermut überkommt mich. Wie wird es wohl sein, wenn ich eines Tages selber einmal Kinder habe, und niemanden, den ich um Rat fragen kann?

•

„Legt deine Mama dir Kleidungsstücke zurecht, oder entscheidest du, was du anziehst?" Ich stehe in der Badezimmertür und schaue ihr beim Überlegen zu.

Falls Sina ihr die Kleidung üblicherweise zurechtlegt, ist das jetzt eine willkommene Gelegenheit für Alea es auszunutzen, dass ich es nicht besser weiß und selbst eine Wahl zu treffen. Aber was soll es. Wir befinden uns erstens in einer Ausnahmesituation und zweitens geht es hier lediglich um die Kleiderfrage und nicht um Leben oder Tod.

„Ich such mir selbst was aus!", erwidert Alea prompt und dreht das Wasser ab.

„In Ordnung." Ich nicke. „Aber wir müssen uns beeilen," ermahne ich sie. „Es ist schon spät."
Sie wischt sich den Zahnpastabart aus dem Gesicht und grinst mich an. Wahrscheinlich ginge es schneller, würde ich das übernehmen. Ich seufze und eile zurück in die Küche, während ich aus dem Augenwinkel registriere, wie Alea in ihr Kinderzimmer huscht. Ich schaue auf die Armbanduhr und bezweifele, dass wir es überhaupt noch pünktlich in die Schule schaffen. In den Küchenschränken suche ich nach einer Dose für die Schulbrote und verpacke sie. Der Kühlschrank gibt einen Apfel und einen Naturjoghurt preis. Ich schnippele das Obst in kleine Spalten, gebe ihn in eine Plastikschüssel, gieße den Joghurt darüber und verschließe die Dose mit dem passenden Deckel. Dazu packe ich einen Dessertlöffel und verpacke das Ganze in einer Plastiktüte, um zu verhindern, dass Alea sich den Ranzen versaut, falls etwas ausläuft.
Aus ihrem Zimmer kommt kein Mucks. Eigentlich müsste sie längst fertig sein. Ich sehe erneut auf die Armbanduhr und werde nervös. Das schaffen wir niemals pünktlich. Shit! Ich denke an mein Auto, das funktionsuntüchtig am Straßenrand parkt, ausgerechnet jetzt könnte ich es wirklich gut gebrauchen.
„Alea!", rufe ich, denn allmählich werde ich ungeduldig.
Sie antwortet mir nicht. Ich haste durch den schmalen Flur zu ihrem Zimmer, stocke an ihrer Zimmertür und mir klappt die Kinnlade herab.

„Was hast du ....?" Ich stöhne vernehmlich auf. Kleiderhaufen liegen in dem Zimmer verstreut, nur angezogen ist sie immer noch nicht. „Wir müssen in einer halben Stunde in der Schule sein. Verrate du mir mal, wie wir das schaffen sollen?" Ungehalten trete ich neben sie. Mit glänzenden Augen sieht sie mich von unten an, ihre Mundwinkel zittern bedrohlich und sofort bedaure ich meinen wütenden Ausbruch. Wieder einmal muss ich mich daran erinnern, dass Alea die Letzte ist, die für die Situation verantwortlich ist.

Ich hocke mich neben sie. „Was möchtest du gerne anziehen?", frage ich sanft und streiche ihr mit der Handfläche über den blonden Schopf. Über ihren Kopf hinweg schaue ich aus dem Fenster. Es hat wieder angefangen, zu regnen, und Tropfen prasseln leise gegen die Glasscheibe.

„Ein Kleid!", antwortet sie freudestrahlend. „Ich habe so eins mit bunten Blumen!"

„Hast du es denn gefunden?", frage ich und starre auf den Kleiderhaufen auf dem Boden. Sina bekommt einen Herzinfarkt, wenn sie den entdeckt.

Alea schüttelt den Kopf.

„Vielleicht ist es in der Wäsche. Hast du ein Ähnliches, das du anziehen könntest?" Ich streiche ihr mit den Fingerknöcheln über die erhitzten Wangen.

Sie starrt in ihren Kleiderschrank und scheint in Gedanken ihre Garderobe zu durchforsten. „Nein", wispert sie und sieht traurig zu Boden.

„Einen Rock oder eine Hose mit Blumen darauf?“, hake ich nach.

„Auch nicht“, antwortet sie leise.

Die Schule sausen lassen und stattdessen shoppengehen ist leider keine Option. Sina würde mich erwürgen und mir anschließend den Kopf abhacken. „Weißt du was?“, frage ich sanft, denn ich habe eine Idee und das sage ich ihr auch. Wenig überzeugt sieht sie mich an. „Du ziehst jetzt etwas anderes an und heute Nachmittag besorgen wir dir ein entzückendes Kleid mit Blumen.“ Das Geniale an den meisten Kindern ist, dass sie schnell zu begeistern sind. Alea reißt die Augen auf vor Überraschung und Freude. Ihre Wangen glühen und sie strahlt mich an.

„Ist das ein Deal?“

Sie nickt eifrig. „Was ist ein Deal?“, fragt sie prompt.

„Ein Handel“, antworte ich.

Sie überlegt einen Augenblick und nickt wieder, bevor sie sich mit ihrem Kleiderschrank beschäftigt. Sie zieht Kleidungsstücke heraus, die sie dieses Mal anziehen wird. Ich lasse sie wieder allein, schnappe mir meine Handtasche, als ein Schlüssel in die Haustür gesteckt und umgedreht wird. „Morgen!“, grüße ich Sina, die den Flur betritt und die Augen aufreißt, als sie mich dabei beobachtet wie ich meine Jacke vom Haken der Garderobe pflücke.

„Solltet ihr nicht längst weg sein?“, fragt sie erschöpft.

„Harte Nacht gehabt? Du siehst müde aus.“

„Danke für die Blumen. War echt anstrengend! Gastrointestinale Blutungen. Eine nach der anderen. Als ob die sich vorher verabreden.“

„Du weißt, dass ich nicht über eine medizinische Ausbildung verfüge?“, entgegne ich stirnrunzelnd.

„Blutungen aus dem Verdauungstrakt“, übersetzt sie den Fachausdruck. Muss schlimm sein, dass man sich nur im Kollegenkreis über Berufliches austauschen kann, weil der Rest der Menschheit keine Ahnung hat, wovon sie redet.

Plötzlich kommt Alea in den Flur geflitzt und springt der erschöpften Sina in die Arme. „Mami!“, kreischt sie vor Freude.

„Hallo mein Schatz“, grüßt Sina ihre Tochter lahm zurück, fängt sie auf und drückt sie an sich. „Du solltest längst in der Schule sein“, stößt sie empört zwischen den Zähnen hervor und schenkt mir einen vorwurfsvollen Blick.

„Sorry, wir haben das Kleid mit den Blumen nicht gefunden“, rechtfertige ich mich und zucke mit den Achseln.

Sina setzt ihre Tochter wieder ab. „Das ist in der Waschmaschine und muss aufgehängt und gebügelt werden“, sagt sie und schließt die Augen überwältigt von ihrer Erschöpfung und all den unerledigten Aufgaben, die sich zu einem riesigen Berg auftürmen.

„Wir sind quasi schon weg!“, verkünde ich besänftigend, als ob das die Sache besser macht. „Und das eine Mal zu spät kommen, wird ja wohl nicht weiter ins Gewicht fallen."

„Hast du eine Ahnung!", erwidert Sina bedeutungsschwanger und hebt eine Augenbraue. Sie hat ein generelles Problem mit ihrem Zeitmanagement und ihre Situation als alleinerziehende Mutter verschärft die ganze Angelegenheit gewaltig. Also ist anzunehmen, dass Alea häufiger unpünktlich und es bereits aufgefallen ist.

Ich halte Alea ihre Jacke hin, damit sie in die Ärmel hineinschlüpfen kann.

Sina reicht mir die Schultasche und reißt die Augen auf. „Hast du nicht heute Turnen?"

Alea zuckt die Achseln und Sina rennt wie von der Tarantel gestochen in Aleas Zimmer und kommt mit dem Turnbeutel zurück. „Sicher ist sicher", sagt sie außer Atem und reicht ihn Alea. „Machs gut, meine Süße!", verabschiedet sie sich, drückt ihrer Tochter einen Kuss auf die Wange und schiebt sie an den Schultern zur Wohnungstür hinaus. „Danke Ruby!", setzt sie hinzu und verschwindet in ihrem Schlafzimmer. Den Wäscheberg in Aleas Zimmer hat sie entweder ignoriert oder schlichtweg nicht wahrgenommen.

Als wir das Haus verlassen, sehe ich erneut auf meine Uhr. Es ist jetzt zwanzig vor acht. Selbst wenn die Bahn direkt vor unserer Nase halten würde und wir sofort einsteigen könnten, kämen wir zu spät.

„Hoppla!"

Jemand fasst mich an den Schultern und eine dunkele Silhouette ragt vor mir auf. Ich lege den Kopf in den Nacken und schaue direkt in Simons dunkle Augen.

„Hey!", sagt er mit einer Zärtlichkeit in der Stimme, die mein Herz zu einem Klumpen Teer verschmelzen lässt.

Wie kann er mich so ansehen und mit mir reden, als ob ich der wichtigste Mensch für ihn bin und gleichzeitig seiner Ex so etwas angetan haben? Ist er schizophren oder so was? Alea ist stehen geblieben und sieht mich hoffnungsvoll an, vielleicht träumt sie davon, dass wir die Schule heute doch sausen lassen. Aber das kommt nicht in Frage. Ich versuche, mich aus seiner Umklammerung zu befreien.

„Du wolltest gestern Abend auf mich warten, damit wir reden können!", sagt er vorwurfsvoll.

Du hast es gerade nötig.

„Wieder bist du abgehauen", stellt er enttäuscht fest.

Und du bist ein Lügner. Machst Versprechungen und weckst Hoffnungen, die du nicht halten wirst. Nein, Danke!

„Ich kann jetzt nicht!", erwidere ich wahrheitsgemäß. „Alea muss in die Schule. Wir sind sowieso schon zu spät!"

Er fährt zu Alea herum und tätschelt ihr den blonden Schopf. „Ich fahre euch und wir reden im Auto!" Sein Ton impliziert, dass er keine Widerrede duldet und um Aleas und Sinas Willen, willige ich ein.

Kapitel 17

Die Fahrt zur Schule verläuft schweigend. Die Stille lastet zäh und klebrig auf mir, wie eine Smogwolke und dringt in jede meiner Poren. Ich bin zu verwirrt, um mir auch nur annähernd vorstellen zu können, wie das Gespräch verlaufen soll. Mein Magen hat sich zu einem festen Knoten verschlungen und rebelliert.

Vor der Schule steige ich zusammen mit Alea aus und bringe sie bis vor die Eingangstür. Der allgemeine Trubel auf dem Schulhof hat sich gelichtet. Vereinzelt verabschieden sich Kinder von ihren Müttern oder Vätern und huschen durch die Tür. Ich nehme Alea kurz in den Arm und sehe ihr dabei zu, wie sie mit hochgezogenen Schultern in dem Gebäude verschwindet. Ob die Schulatmosphäre sie nervös macht oder die Tatsache, dass wir zwar pünktlich, aber auf den letzten Drücker angekommen sind, ahne ich nicht. Jedoch zieht sich mein Herz beim Anblick ihres unter dem schweren Schultornister gekrümmten Rückens ein klein wenig mehr zusammen. Ich stehe da und starre auf die leere Tür zum Schulgebäude, als sie bereits geschlossen wird.

Widerstrebend drehe ich mich zum Auto um und bemerke wie Simon mich beobachtet, die Lippen zu einem schmalen Strich zusammengepresst. Er will Antworten von mir, die ich mir selbst nicht geben kann, die er aber sicher verdient hat. Ich habe keine

Ahnung, was das mit uns ist und mit uns macht. Das Einzige, was ich weiß, ist, dass es furchteinflößend ist, mich beunruhigt und mir Herzklopfen verursacht. Ihm jedoch in die Augen zu schauen und es so auszudrücken, wie ich es fühle, kriege ich nicht auf die Reihe. Aber eins ist gewiss. Ohne ihn kann ich auch nicht. Allein bei der Vorstellung daran wird mir übel. Ich brauche ein Ablenkungsmanöver.

Zögernd mache ich einen Schritt auf den Wagen zu. Simon beobachtet mich aus zu Schlitzen verengten Augen, neigt den Kopf und steigt aus. „Was ist los?“, fragt er.

„Frau Grünenthal! Ich muss wissen, wie es ihr geht.“ Atemlos und abgehackt bringe ich die Worte hervor.

Zweifelnd zieht er die Stirn in Falten. „Wirklich? Ich habe eher das Gefühl, du weichst mir aus.“

Wut packt mich, ich kann mich nicht beherrschen und konfrontiere ihn. „Erik hat mir davon erzählt!“, presse ich hervor.

„Wovon redest du?“, fragt er perplex und schaut mich irritiert an.

„Von der Sache zwischen Katharina und dir!“, spucke ich aus.

Simon hebt eine Augenbraue. Sieht so aus, als fällt der Groschen. Wird auch Zeit! Für einen Spitzenkoch ist er manchmal ganz schön lahm.

„Was für eine Sache?“, fragt er.

Ich weiß nicht warum, aber der Typ bringt mich total in Rage. „Die Abtreibung!", schreie ich, so dass es von den Hauswänden widerhallt.

Eine Frau, die einen Kinderwagen vor sich herschiebt, dreht sich zu uns um. Ein Mann mit einem kleinen Mädchen an der einen und einer Hundeleine in der anderen Hand wendet sich ebenfalls zu uns um, ein schwarzer, struppiger Tibetterrier an Bäumen schnüffelnd, trottet nebenher.

Simon holt tief Luft, schaut einen Moment weg und atmet schwer aus. Er fährt wieder zu mir herum und starrt mich aus schmalen sprühenden Augen an. Seine Wut spüre ich bis hierher und sie versengt mir die Haut. Ooh, er ist fuchsteufelswild. Sehr gut! Das bin ich auch.

Er stampft auf mich zu und deutet mit dem Zeigefinger auf mich. „Steig in den verdammten Wagen!", stößt er zwischen zusammengebissenen Zähnen hervor.

Ich verschränke die Arme vor der Brust und hebe herausfordernd das Kinn. „Auf keinen Fall!"

„Du steigst jetzt in den gottverdammten Wagen, sonst ....!" Seine Augen blitzen mich an und er stemmt die Fäuste in einer fahrigen Bewegung in die Hüften.

„Sonst was?" Mein Gesicht, meine Haltung; bloße Provokation. Die einzige Möglichkeit, die ich habe, ihm die Stirn zu bieten. Er taxiert mich von oben bis unten und merkwürdigerweise reagiert mein Körper auf ihn. Dieser Blick, der über Brüste, Bauch, Beine gleitet, löst ein eigenartiges Prickeln in mir aus und ich weiß, wenn er mich jetzt küsste, bröckelte mein Widerstand und ich wäre erledigt.

Plötzlich setzt er sich in Bewegung und wütet mit großen Schritten auf mich zu. Ich werde nicht vor ihm zurückweichen, das hieße Kapitulation, und ahne nicht, was er vor hat, als er in die Knie geht, mich an den Oberschenkeln packt und über die Schulter wirft.

„Lass mich!“, kreische ich und strampele mit den Beinen.

„Auf gar keinen Fall!“ Er marschiert auf den Wagen zu und bugsiert mich auf den Beifahrersitz. Blitzschnell sprintet er um die Motorhaube herum und schwingt sich hinter das Lenkrad. „Wir reden! Und zwar jetzt! Ob es dir passt oder nicht! Keine weiteren Ausreden!“ Er startet den Wagen und fährt los.

„Wo fährst du hin?“, frage ich schnippisch.

„Das braucht dich nicht zu interessieren“, knurrt er.

„Du entführst mich!“, schnappe ich.

„Sieht so aus“, sagt er seelenruhig und grinst diabolisch.

Doch so sehr ich mich anstrenge, ich habe keine Angst. Und das, was Erik mir erzählt hat, ist in endlose Ferne gerückt und scheint immer fragwürdiger, je weiter wir uns von Köln entfernen. Ich starre aus dem Beifahrerfenster und denke an Frau Grünenthal.

„Musst du nicht heute Abend arbeiten?“, frage ich genervt. Meine Wut ist bis auf ein kleines Strohfeuer heruntergebrannt.

„Genau wie du, übrigens", erwidert er.

„Ich muss zu Frau Grünenthal, will wissen, was ihr fehlt und wie es ihr geht", sage ich leise.

Er sieht zu mir herüber und sein Gesichtsausdruck wird sanft. „Du machst dir große Sorgen um sie."

Ich nicke stumm.

„Doch keine Ausrede", stellt er nüchtern fest.

Aus zusammengekniffenen Augen sehe ich ihn an. „Dein Ernst?", frage ich.

Die kleine Stimme in meinem Hinterkopf schaltet sich ein. *Er kennt dich nicht gut genug und das ist auch besser so.*

Ach ja? Warum?

Er presst kurz die Lippen aufeinander, dann sagt er: „Keine Sorge! Wir sind frühzeitig zurück!"

•

Wir passieren die niederländische Grenze und fahren Richtung Roermond.

„Sicher, dass wir rechtzeitig zurück sind?", frage ich und wende mich von dem Hinweisschild zu ihm um.

Er sieht mich ernst an und nickt.

Ich schaue aus dem Beifahrerfenster und betrachte die schnuckeligen Häuschen, die am Straßenrand an uns vorbeifliegen. Riesige Gartencenter mit Außenverkaufsbereichen und vollen Parkplätzen laden zum Einkauf und zum Träumen ein. Vom eigenen Haus mit Garten, in dem seltene Pflanzen blühen. Ich schiebe einen Einkaufswagen durch einen dieser Außenbereiche. Vorne drin sitzt ein kleines Mädchen mit flau-

migem Haar, klammert sich an den Griff und quietscht
aus vollem Hals, weil ich renne und ihr Flaum in alle
Himmelsrichtungen weht. Hinter mir lacht ein Mann.
Er folgt uns mit schnellen Schritten und legt einen
Arm um meine Schultern. Lachend wende ich mich zu
ihm um. Er küsst mich lange und zärtlich auf den
Mund und sieht mir tief in die Augen. Ein behagliches
Gefühl breitet sich in meinem Körper aus wie flüs-
siger warmer Honig. Er wendet sich unserer Tochter
zu und drückt ihr einen Kuss auf den blonden Schopf,
dann schenkt er mir seine Aufmerksamkeit und ich
sehe in Simons grinsendes Gesicht. Plötzlich dröhnt
eine Sirene in meinen Ohren, peinigt meine Trommel-
felle, jemand schreit: „Feuer!" Menschen stieben in
alle Himmelsrichtungen auseinander, rennen zu den
Ausgängen und ich drehe mich panisch im Kreis.
Meine kleine Familie ist verschwunden. Auch der
Einkaufswagen ist weg. „Simon!", schreie ich.
„Simon!" Ich bin mir der Hysterie bewusst, mit der
ich kreische.
Eine Berührung dringt zu mir durch. An meinem
Oberschenkel. Er wird gedrückt.
„Scht!", redet jemand beruhigend auf mich ein. „Alles
wird gut!"
Ich öffne die Augen und sehe aus der Windschutz-
scheibe eines Autos. Mein Herz schlägt wie verrückt
gegen die Rippen und die Wangen glühen, als hätte
ich Fieber. Ich brauche einen Augenblick, um zu reali-

sieren, wo ich bin und wessen Wagen das ist und schaue in Simons besorgtes Gesicht.

„Du hast geschrien", sagt er leise.

„Ich hab nur geträumt", spiele ich die Sache herunter, will die Fassade aufrecht erhalten und ihn nicht dahinter schauen lassen. Doch er sieht nicht so aus, als ob er die Angelegenheit auf sich beruhen lässt. Stattdessen hebt er eine Augenbraue und lenkt mit gerunzelter Stirn den Wagen an den Straßenrand, macht den Motor aus und dreht sich zu mir herum.

„Du hast meinen Namen gerufen, also habe ich ein berechtigtes Interesse am Inhalt deines Traumes."

„Ich will nicht drüber reden", wehre ich schnippisch ab.

„Wir werden sehen!", erwidert er und grinst mich mit einem wissenden Funkeln in den Augen an. Verärgerung über ihn kocht in mir hoch. Er drückt bewusst die Knöpfe, die mich auf die Palme bringen.

„Vergiss es!", zische ich und fliehe aus dem Wagen.

Er steigt ebenfalls aus und sieht mich über das Autodach hinweg an. Sein Grinsen wird breiter. „Wir sind übrigens angekommen!"

Ich sehe mich um. Wir stehen in einem Yachthafen an der Maas. Boote reihen sich an Boote mit Motor oder Segel. Die Sonne glitzert auf der Wasseroberfläche und im Hafenbereich herrscht reger Betrieb. Ich ziehe die Jacke aus und Sonnenstrahlen wärmen meine Haut. Simon wirft die Autotür zu, geht um den Wagen herum zum Kofferraum und öffnet ihn. Er hebt eine

Reisetasche und einen Weidenkorb heraus und drückt die Klappe wieder zu. Ich schließe die Beifahrertür und betrachte fasziniert den breiten Fluss. Boote in allen Größen und Ausführungen tuckern an uns vorbei.

Simon steht da und lässt den Anblick ebenfalls auf sich wirken. „Paradiesisch!", murmelt er und das ist es wirklich. „Komm!", fordert er mich auf, schultert die Reisetasche und packt den Picknickkorb. Ich folge ihm über Stege und Planken bis zu einer imposanten Segelyacht. Er balanciert über eine schmale Gangway, hebt sein Gepäck in das Boot und zieht die Schuhe aus, bevor er selbst über die Reling an Bord klettert.

Ich starre die Yacht entgeistert an und mir klappt der Unterkiefer herunter.

„Beeindruckt?", fragt er stolz und betrachtet das Boot mit strahlenden Augen.

Ich zähme meine erneut aufflammende Wut, weil ich seine Bemerkung als arrogant empfinde. Scheinbar bildet er sich ein, er schleppt die arme Kirchenmaus auf sein kostbares Boot und schon sinkt sie ihm zu Füßen. „Keineswegs!", blitze ich ihn an. „Freunde meines Vaters besitzen solche Yachten, um fragwürdige Partys darauf zu feiern. Nicht, dass ich dir so etwas unterstellen würde." Ich wackele mit den Augenbrauen und beobachte zufrieden, wie er nach Luft schnappt, balanciere über den Steg und klettere ebenfalls an Bord.

„Schuhe aus!", knurrt er.

„Treffer versenkt", flöte ich, grinse zufrieden, ziehe Sneaker und Strümpfe aus und tappe barfuß an Bord. Simon stapft voran und schließt die Kajüte auf. Ich trete hinter ihm durch die getönte Glasschiebetür in einen Raum voller elektronischer Geräte und Computer. Er steckt den Schlüssel neben dem Steuer in ein Schloss und dreht ihn. Signallichter an der Armatur blinken und leuchten und gedimmtes Licht taucht die Kajüte in warme Farben. Mit dem Korb in der Hand klettert er eine schmale Stiege hinunter, offenbar in die Kombüse. Er öffnet den Kühlschrank und packt Plastikdosen aus dem Weidenkorb hinein, während ich mich umsehe. Alle Sitze sind in weißem Leder gehalten, Schränke und Böden aus Holz. Der pure Luxus. „Kann man mit diesem Boot auch aufs Meer hinaus fahren?", frage ich ihn fasziniert.

Er sieht mich erstaunt an, kommentiert mein plötzliches Interesse jedoch nicht. „Falls man einen entsprechenden Bootsführerschein besitzt", antwortet er. „Hast du einen?", will ich wissen.

Er erhebt sich, nachdem er den Kühlschrank geschlossen hat, und kommt auf mich zu. „Begierig mit mir über die großen Meere zu segeln?", fragt er leise. Breitbeinig postiert er sich mir gegenüber, stemmt die Fäuste in die Hüften und mustert mich aufmerksam.

Ich weiche einen Schritt zurück, verunsichert von dem ernsten Ausdruck in seinen Augen und der Doppeldeutigkeit der Frage. Meine Schläfe pocht und mein Mund ist auf einmal wie ausgedörrt. Ich bleibe die

Antwort schuldig und klettere die schmale Stiege zurück an Deck. Er folgt mir und ich bin mir jeder seiner Bewegungen hinter mir so bewusst, dass mein Rücken kribbelt.

In der oberen Kajüte verschiebt er einige Regler, drückt Knöpfe am elektronischen Kontrollboard und wendet sich mir zu. „Du wirst es herausfinden", knurrt er, bleibt dicht vor mir stehen und sieht mir tief in die Augen. Mein Herz schlägt Purzelbäume und ich blinzele ihn hektisch an.

„Hast du Angst vor mir?", fragt er, schlingt einen Arm um meine Taille und zieht mich an sich. Ich nehme seinen Duft nach Wald und Sonne in mich auf und seine Körperwärme dringt durch die Kleidung bis auf meine Haut. Geborgenheit und ein Zugehörigkeitsgefühl wallen in mir auf, das ich lange Zeit vermisst habe, und mein Herz schwillt zum Zerbersten an.

„Nein, du hast keine Angst vor mir!", beantwortet er seine Frage selbst. „Was ist es dann?" So wie er mich umklammert, bin ich gefangen und unfähig ihm auszuweichen und er schaut forschend in mein Gesicht.

So blitzartig wie er mich umschlungen hat, so hastig lässt er mich wieder los. Er wendet sich dem Steuer seines Bootes zu und drückt einen Knopf rechts daneben. Ein sanftes Vibrieren stromert durch das Schiff.

„Die nächsten Stunden hast du Zeit, dir eine Antwort zu überlegen. Wir sind auf einer Segelyacht. Du kannst nicht weg!" Er hat leise gesprochen und trotzdem jagen seine Worte einen Schauer über meinen

Körper. Dicht schlendert er an mir vorbei. „Hilf mir",
murmelt er.

Fragend beobachte ich, wie Simon die Kajüte verlässt.
Auffordernd sieht er über die Schulter, weil er keine
Antwort erhält. Ich setzte mich in Bewegung und
folge ihm an Deck. Er geht voraus zur Reling im Heck
des Schiffes, springt an Land und bindet die beiden
Taue los, die das Boot an seinem Liegeplatz halten.
„Du wirst, sobald wir den Anleger verlassen, die
Fender einholen." Er zeigt auf lange blaue Dinger, die
über der Reling des Schiffes hängen und die Außenwand schützen, damit es bei heftigem Seegang nicht
an die Hafenmauer oder an benachbarte Yachten
knallt und Schäden entstehen.

„Ay Captain!" Ich schlage die Kante meiner flachen
Hand an die Schläfe und grinse frech.

Er lächelt mich an. Das erste Mal am heutigen Tag.
Allmählich entspanne ich mich und bemerke, wie
nervös und angespannt ich war, seitdem er vor meiner
Haustür aufgetaucht ist. Habe ich Angst vor den
Gefühlen, die er für mich empfindet oder fürchte ich
die eigenen, die ich für ihn hege? Sobald ich darüber
nachdenke, verwirren sich meine Gedanken zu einem
Knäuel, das sich nicht entwirren lässt. Stattdessen
zieht es sich zu einem straffen Knoten zusammen,
wenn ich an einem Ende an einem losen Faden zupfe.

Simon wickelt die Taue in engen Schlaufen um
Metallhaken und verschwindet wieder in der Kajüte.
Hinter dem Steuer stehend gibt er Gas. Der Motor

röhrt und brummt und schiebt das Boot langsam aus dem Liegeplatz zwischen zwei riesigen Motoryachten heraus. Ich hole die rückwärtigen Fender ein, warte bis er sich vom Anleger entfernt hat und zerre sie Backbord und Steuerbord über die Reling. Jetzt widme ich mich dem entspannten Teil dieses Ausfluges und sinke in die gemütliche U – förmige Lounge, in deren Mitte ein Tisch im Deck verankert ist. Ich lasse mir den Wind um die Nase wehen und die Sonne auf meine Wangen brennen. Wann habe ich das letzte Mal einen Ausflug gemacht? Ich erinnere mich nicht.

Wir tuckern auf die Maas hinaus und Simon gibt ein wenig mehr Gas. Er kommt zu mir nach draußen, übernimmt von hier aus das Steuer und lehnt sich an einen Sessel, einem Barhocker ähnlich. „Gefällt's dir?", fragt er und sieht mich erwartungsvoll an.

„Herrlich!", antworte ich und strahle ihn offen an.

Er lächelt, als hätte er ein Etappenziel erreicht und konzentriert sich wieder auf die Strecke. Boote schippern uns entgegen, passieren uns oder wir überholen sie. Am Ufer säumen malerische Häuschen mit verwunschenen Gärten den Fluss. Angler warten geduldig darauf, dass Fische nach ihren Ködern schnappen. Radfahrer erkunden die Polder rund um die Maas. Die Sonne hinterlässt Wärme auf der Haut, die in mein Innerstes dringt und eine tiefe Ruhe in mir auslöst, die ich so nicht kenne. Immer muss ich gefasst sein, auf die Katastrophen die jeder neue Tag mit sich bringt und die wirtschaftliche Unsicherheit meines Lebens verstärken. Und jetzt sitze ich auf diesem Boot, gesteuert von dem Mann, der so verheißungsvoll die Lösung all meiner Probleme zu sein verspricht. Aber gleich schwingt Angst mit. Falls ich mich auf ihn einlasse, wird er dann bleiben? Er sieht irrsinnig gut aus, ist erfolgreich in dem, was er tut, tritt sogar in Kochshows im Fernsehen auf und war in der Vergangenheit mit stets wechselnden Frauen an seiner Seite in der Boulevardpresse vertreten. Ich habe seinen Werdegang nicht verfolgt, aber in Köln zählt er zur Prominenz. Ich dagegen habe nichts vorzuweisen. Ein Studium, das auf Eis liegt, ein nicht beendetes Manuskript. Natürlich habe ich mitbekommen, wie bei ihm von heute auf morgen Schluss war mit der Fernsehkarriere. Bis auf die Sendung Masterbeefer ist er kaum mehr in TV-Produktionen vertreten. Der Michelinstern wurde aberkannt und sein Promirestaurant in der Innenstadt am Rheinufer geschlossen. Und mir wird der wahre Unterschied zwischen uns bewusst. Er hat das riskiert, was ich nie gewagt hätte: ins Bodenlose zu fallen ohne Netz und doppelten Boden. Aus Angst zu scheitern, habe ich nie etwas zu Ende gebracht. Und mir wird klar, dass es gar nicht so schlimm ist, zu fallen. Man hat immer die Möglichkeit, wieder aufzustehen. Ich sehe Simon an und mir ist, als ziehe jemand einen Elefanten von meiner Brust. Das erste Mal seit Jahren atme ich frei.

Kapitel 18

Wir ankern an einer seichten Stelle der Maas. Eine leichte Brise weht mir um die Nase und das Boot schaukelt sanft auf dem Wasser. Simon trägt ein Tablett an Deck, stellt es auf dem Tisch ab und reicht mir eine Champagnerflöte. Die Kohlensäure perlt von den beschlagenen Glaswänden und sprudelt an die Oberfläche. Simon verteilt Schüsseln auf dem Tisch, die kleine Köstlichkeiten enthalten. Oliven, Erdbeeren, Trauben, Cocktailtomaten, eine Käseplatte, Spargel in saftigem Schinken eingerollt. „Greif zu!", sagt er und sieht mich erwartungsvoll an. Dicht neben mir lässt er sich auf dem straffen Leder nieder und legt seine ausgestreckten Arme lässig über die Rückenlehne des U-förmigen Sitzmöbels.

Eine angespannte Stille entsteht. Was erwartet er von mir? Um Zeit zu gewinnen, beuge ich mich vor und nehme mir eine Erdbeere. Ich beiße in die rote Frucht, deren honigsüßer Saft mir erfrischend in den Mund spritzt. Sie schmeckt himmlisch aromatisch, anders als die Erdbeeren, die es bei uns in der Straße im Supermarkt zu erwerben gibt, die meistens sauer und wässrig schmecken und einen muffigen Geruch verströmen. Ich schließe die Augen, schiebe den Rest der Frucht hinterher, lasse sie auf der Zunge zergehen und lecke mir den Saft von den Fingern. Ich öffne die

Lider und sehe Simon überrascht an. Er grinst zufrieden und sein Blick klebt an meinem Mund.

Mühsam reißt er sich von meinen amüsiert sich kräuselnden Lippen los. „Wir müssen reden. Über uns.“ Seine Stimme klingt rau.

Ich öffne den Mund, um etwas zu sagen, aber er geht dazwischen.

„Ich weiß nicht, wie du das siehst, aber für mich ist das hier nicht bloß eine Eintagsfliege. Falls du der Auffassung bist, es handelte sich um einen One-Night-Stand .....!“

Ich klappe den Mund zu und sehe ihm in die Augen, die intensiv widerspiegeln, wie ernst es ihm ist. Hastig schaue ich weg, nehme mein Champagnerglas und trinke einen ordentlichen Schluck. Was soll ich ihm erwidern? Ich bin so durcheinander, mein Herz pocht wild, wie ein irres Rennpferd.

„Willst du nicht etwas dazu sagen?“, fragt er leise.

„Ich habe keine Ahnung, ... ob ich ... so weit bin!“, stottere ich atemlos.

„Hast du schlechte Erfahrungen gemacht? Ist es das?“

„Nicht so, wie du dir das in deiner blumigen Fantasie vorstellst“, entgegne ich hastig.

„Was fantasiere ich mir so farbenfroh zusammen?“, erkundigt er sich und hebt erleichtert die Stimme.

Mich strengt es an, dass er alles hinterfragt und ganz genau wissen muss, als wolle er mich und meine Gedanken mit seinem Filetiermesser in die einzelnen Fasern eines Steaks sezieren. „Dass ich Stress mit einem Typen hatte und mich nicht auf dich einlassen kann, weil ich niemandem vertraue." Ich sehe in seinen Augen, dass ich den Nagel auf dem Kopf getroffen habe. Aber nicht immer ist die simple die richtige Erklärung.

„So ist es nicht?", hakt er sanft nach und nimmt eine meiner Haarsträhnen, wickelt sie sich um den Zeigefinger und betrachtet sie von allen Seiten.

Ich schüttele den Kopf.

„Was ist dann passiert?", fragt er leise und zieht seinen Finger aus meinem Haar, das sich zusammen kringelt.

„Bisher ist mir nie jemand so nah gekommen ...." Ich starre in meinen Schoß, auf der Suche nach den richtigen Worten, keine Ahnung, welche Erklärung ihm verdeutlicht, was mit mir los ist, vollende dennoch den Satz. „... lasse niemanden an mich ran, halte Abstand, weil derjenige mich verletzen könnte."

„Ruby!" Leise seufzend schaut er kurz über die glitzernde Wasseroberfläche, bevor er mich mit einem ernsten Ausdruck ansieht, der mein Herz stocken lässt. „Ich mag dich und will mit dir zusammen sein. Mir fällt das hier ebenfalls nicht leicht."

Ich mustere sein Gesicht. Er gleicht keinem Mann, der eine Frau zwingen würde, ihr Baby abzutreiben. „Was ist dran an der Geschichte mit Katharina und der Abtreibung?"

„Es war nicht mein Kind und nicht meine Entscheidung. Sie hatte etwas mit einem anderen. Das Baby war von ihm. Ich habe sie zu nichts gezwungen. Sie hat abgetrieben in der Hoffnung, dass zwischen uns wieder etwas laufen würde, aber ich vertraue ihr nicht mehr. Unsere Beziehung ist rein geschäftlich. Sie hat bisher meine Fernsehauftritte gemanagt, aber davon habe ich Abstand genommen."

„Und warum taucht sie dauernd bei dir auf?"

„Weil sie mich zu einer Fortsetzung unserer Geschäftsbeziehung und zu weiteren Auftritten in irgendwelchen Kochshows oder Battleshows über-reden will."

„Hast du sie in irgendeinerweise ermutigt, dass sie darauf hoffen kann?"

„Sicher nicht!", schnaubt er. „Im Gegenteil!"

Ich kneife die Augen zusammen und betrachte ihn nachdenklich. Zugegebenermaßen hat er mich bisher nie belogen, aber es gab ja auch nicht viel, was einer Lüge wert gewesen wäre.

„Du bist dran", beharrt er. „Ich hab dir alles erzählt!"

Er schlägt die Beine übereinander, wendet sich mir zu, nimmt meine Hand und verflechtet seine Finger mit meinen in seinem Schoß. Die Berührung ist zärtlich und ich fühle mich aufgehoben und geborgen. Mein Herz quillt über, als ich ihn ansehe, weil ich mich ver-liebt habe. Vielleicht muss ich das Risiko eingehen, denn eins ist unmissverständlich: Er wird sich nicht von mir hinhalten lassen, wird mich so lange bedrän-gen bis klare Verhältnisse herrschen, in die eine oder die andere Richtung mit allen Konsequenzen, die das nach sich zieht. Da ist er kompromisslos. Aber was solls. Wenn ich hinfalle, stehe ich wieder auf. Und in diesem Augenblick möchte ich nicht darüber nachdenken, wie schmerzhaft fallen sein wird. „Ich war fünfzehn Jahre alt“, beginne ich und schaue auf einen Punkt auf der Wasseroberfläche rechts neben seiner Schulter. „Mein Vater hatte ständig wechselnde Frauengeschichten. Ich war immer im Glauben, meine Mutter duldete sie. Aber das war ein Trugschluss!“ Ich schlucke. Mein Mund wird trocken. Ich greife nach dem Glas Champagner und trinke es in einem Zug leer. Simon rückt näher heran und legt mir einen Arm um die Schulter. „Es hat sie verletzt und in eine tiefe Depression getrieben. Es war nicht nur, dass er wechselnde Verhältnisse hatte. Er hat meine Mutter mit den anderen Frauen verglichen.“ Bei der Erinnerung daran wird mir die Kehle eng und Tränen brennen in meinen Augen. „Auf eine Art, dass meine Mutter den Kürzeren zog und es sie herabsetzte und demütigte“, flüstere ich.

Simon gibt einen kehligen Laut der Empörung von sich.

„Eines Tages dann, als ich von der Schule nach Hause kam, mein Vater war mal wieder mit einer seiner Liebschaften unterwegs, da ... habe... habe ... ich sie gefunden.“ Eine einsame Träne rinnt meine Wange hinunter. Simon wischt sie mit dem Daumen weg.

„Sie hat Tabletten mit zwei Flaschen des teuersten Rotweins ihre Kehle hinuntergespült, die sie im Keller meines Vaters auftreiben konnte."

Zärtlich streicht Simon mir über die Schulter.

„Ich habe versucht, sie zu wecken, und habe es nicht geschafft. Ich habe meinen Vater angerufen, aber er ging nicht an das verdammte Telefon. Wahrscheinlich war er mit seiner aktuellen Eroberung beschäftigt."

Simon zieht meinen zitternden Körper an sich. Ich verberge den Kopf an seiner Brust. Er legt sein Kinn auf meinen Schopf, schweigt und hält mich fest. Auch nach all den Jahren drängen Emotionen an die Oberfläche, die mit den Ereignissen damals verflochten sind. Nie im Leben habe ich mich so einsam gefühlt, wie in dem Moment, als ich Mama fand und mein Vater für mich unerreichbar war. Simon streicht mir zärtlich über den Rücken. Vielleicht versteht er jetzt, warum es mir so schwerfällt, mich auf ihn einzulassen.

„Alles wird gut!", flüstert er an meinem Ohr.

Erst allmählich ebbt das Zittern meines Körpers ab und ich löse mich langsam von ihm.

„Hast du Kontakt zu deinem Vater?", fragt er.

„Nur sporadisch", antworte ich leise.

„Unterstützt er dich? Finanziell meine ich?"

Ich starre ihn mit großen Augen an. Ist das sein Anliegen? Geld? Hat er einen Schimmer, wer mein Vater ist? Langsam schüttele ich den Kopf. „Ich nehme kein Geld. Der Gedanke, ihm zu Dank verpflichtet sein zu müssen, würde mich nachhaltig deprimieren."

Nachdenklich zieht Simon die Stirn in Falten. „Waisenrente? Kindergeld? Das steht dir doch zu oder nicht?"

Ich recke ihm das Kinn entgegen und schüttele langsam den Kopf. „Ich will NICHTS von ihm!", bricht es aus mir hervor.

Er drückt mich an sich und presst mir einen Kuss auf den Scheitel. „Was willst du eigentlich anstellen mit deinem Leben?", fragt er.

Ratlos zucke ich die Schultern. Erschlagen von den Emotionen bin ich augenblicklich nicht in der Lage, meine Zukunft zu planen.

„Du willst doch nicht ewig bei mir im Service arbeiten?" Er schiebt mich auf Armeslänge von sich und mustert mich prüfend.

„Warum nicht? Im Augenblick finde ich es ganz amüsant!" Provozierend hebe ich das Kinn.

„Komm schon. Du willst doch dein Studium abschließen!"

Ich schaue wieder auf die Wasseroberfläche hinaus. Die Farben haben sich geändert, sind ein wenig matter als heute Mittag, als wir auf das Boot gestiegen sind, die Konturen unschärfer. Ich werfe einen Blick auf meine Armbanduhr. Halb fünf. „Müssen wir nicht langsam zurück?", frage ich.

Er sieht auf sein Handy, anschließend betrachtet er mich nachdenklich. Mit wackelnden Augenbrauen hebt er einen Finger, steht auf und verschwindet ins Innere des Schiffes. Rastlos erhebe ich mich und sehe ihm hinterher. Was macht er denn?

All die aufgeschobenen Punkte auf meiner To-do-Liste für den heutigen Tag fallen mir ein und trotz allem erledigt werden müssen. Alea, Frau Grünenthal und das Simons.

Ich beobachte Simon in der Kajüte durch die getönte Scheibe, mit dem Handy am Ohr läuft er auf und ab und gestikuliert hektisch. Ich verstehe nicht, was er sagt, erahne aber an seiner erregten Mimik, dass er aufgebracht ist. Ich habe ihm vorher gesagt, dass für einen Ausflug die Zeit nicht reichen wird. Jetzt ist es schon spät und wir werden niemals pünktlich zurück sein. Er nimmt das Handy vom Ohr und schleudert es in einen Sessel. Mit ausgestreckten Armen stützt er sich auf einer Armatur mit Schaltern und Schiebern ab und lässt den Kopf zwischen den Schultern hängen. Unschlüssig überlege ich, was ich tun kann. Bei all meinen Problemen habe ich nicht darüber nachgedacht, dass er womöglich selber welche hat. Soll ich zu ihm hineingehen und ihn trösten, so wie er es bei mir gemacht hat? Ratlos stapfe ich auf die Tür zu und beobachte, wie er reglos da steht. Lediglich sein sich heftig auf und ab bewegender Brustkorb verrät seine Erregung. Ich schiebe die Tür auf und nähere mich ihm. „Alles in Ordnung?", frage ich.
Er antwortet nicht.

Bis auf eine Schrittlänge nähere ich mich ihm, strecke die Hand aus und lege sie sanft auf den gekrümmten Rücken. Seine Körperwärme dringt durch den T-Shirtstoff. „Kann ich dir helfen?", frage ich leise.

Blitzschnell packt er mein Handgelenk und kesselt mich zwischen Konsole und seinem Körper ein. Aus zusammengekniffenen Augen starrt er mich an.

„Hab ich irgendwas falsches ...?" Weiter komme ich nicht.

Hart presst er seine Lippen auf meine und stößt die Zunge in meinen Mund. Dieser Kuss hat nichts Zärtliches. Eher etwas Wildes, Animalisches, Wütendes. Er drängt seinen Körper an mich und ich reagiere unmittelbar auf ihn. Mein Herz rast, der Unterkörper brennt, die Haut lechzt danach, von ihm berührt zu werden, ihn zu spüren.

Atemlos lässt er von mir ab. „Was machst du mit mir?", knurrt er mir ins Ohr.

Ich bin verwirrt. Ich mit ihm?

Er reißt mir das T-Shirt über den Kopf, den BH gleich mit. Ich öffne den Knopf meiner Jeans und streife sie mir ungeduldig zappelnd von den Beinen, während er sich das Shirt vom Leib zerrt. Erneut küsst er mich und legt mit den Fingerspitzen eine brennende Spur über mein Schlüsselbein hinunter zu meinen Brüsten, umkreist die Nippel und kneift hinein. Atemlos recke ich sie ihm entgegen. Er setzt seinen Weg fort, schiebt mir zwei Finger zwischen die Beine in mein pulsierendes Zentrum, verharrt dort einen Moment, bevor er hinausgleitet. Ich stöhne laut auf, was ihn anzutreiben scheint, denn schon verschwinden sie erneut in mir. Ich will sie tiefer in mir, umklammere sein Handgelenk, doch er zieht sie hinaus und grinst teuflisch.

„Ooh nein!", krächzt er, entwindet sich meiner Hand, umklammert meine Gelenke, fixiert sie über meinem Kopf an der Scheibe und ich bin ihm hilflos ausgeliefert. Ich keuche und starre ihn an. Mir ist so heiß, mein Herz klopft wie verrückt. Ich lecke mir über die Lippen und er stürzt sich darauf, küsst mich rau, bis ich keine Luft mehr bekomme und mir schwindelig wird. Er lässt von meinem Mund ab, legt mit seiner Zunge einen feuchten Pfad entlang des Halses hinüber zum Schlüsselbein, quälend langsam hinunter zur Brust. Er saugt an meinem Nippel. Ein süßer Schmerz zuckt durch meinen Körper und verstärkt den Puls zwischen meinen Beinen. Ich stöhne laut, als er gleichzeitig seine Finger in mich schiebt. Mein ganzer Körper ist ein pochender Vulkan, der ausbricht, als er mich hochhebt und tief in mich gleitet, mich in Besitz nimmt, bis der Orgasmus in mir eine Eruption auslöst und heiße Lava mich mit sich reißt, bis ich erschöpft in seinen Armen zusammensacke.

Kapitel 19

Wir liegen einander zugewandt in der Koje auf seinem Bett. Er streicht mit den Fingerkuppen über die Kontur meiner Taille, die Hüfte hinab. Schauer rieseln mir durch den Körper und ich bekomme eine Gänsehaut. Seufzend schließe ich die Augen. Für immer hier liegen bleiben, die Welt ausblenden und mich von ihm streicheln lassen. Ich öffne sie wieder und bemerke, dass er mich unter schweren Lidern ansieht.

„Ich verliebe mich in dich!", flüstert er.

Mein Herz schwillt an, aber ich traue mich nicht, ihm zu gestehen, dass es mir ebenso ergeht. Stattdessen streife ich ihm mit den Fingerknöcheln über die Wange, küsse ihn zärtlich und mir wird bewusst, dass es schwieriger werden wird, falls das in einer Katastrophe endet. *Dass dein Maßstab sich immer am Schlimmsten orientiert,* schnauzt die Stimme in meinem Hinterkopf. *Ja! Muss ich! Dann wird es weniger dramatisch, wenn der Worst Case eintritt.* Rede ich mir zumindest ein, darauf vorbereitet zu sein. Ich löse mich von ihm, betrachte ihn und räuspere mich.

„Müssen wir nicht längst auf dem Rückweg sein?", frage ich.

Zärtlich fährt er mir mit der Zunge über die Unterlippe und konzentriert sich ausschließlich darauf, bevor er daran knabbert und mich küsst. „Wir verbringen die Nacht hier", raunt er an meinen Lippen.

Ich zucke zurück. „Aber Alea?"

„Lilly übernimmt das Babysitting. Ich habe das mit deiner Freundin Sina und ihr abgesprochen", murmelt er träge.

Ich schnappe empört nach Luft. „So schnell ist man ersetzbar!" In gespielter Entrüstung hebe ich eine Augenbraue und schnalze mit der Zunge. „Das Restaurant? Hast du dich dort selbst ersetzt?"

Er nickt. „Einen Abend kommen die ohne uns aus."

Bei dem Wort *uns* zieht sich mein Magen vor Wonne zusammen. Trotzdem finde ich das Haar in der Suppe. „Frau Grünenthal?"

„Ihr geht's unverändert", erwidert er gelassen und streicht mit den Fingerknöcheln über meine Wange.

„Woher weißt du das? Mir erteilte man nicht einmal an der Tür zur Intensivstation Auskunft." Ich stütze mich auf einen Ellenbogen und hebe eine Augenbraue.

„Hab meinen grandiosen Charme spielen lassen!" Er grinst mich unverschämt an.

„Was soll das bedeuten? Dass ich nicht charmant sein kann?" Aus zusammengekniffenen Augen mustere ich ihn.

„Diese Antwort bleibe ich lieber schuldig!" Sein diabolisches Grinsen vertieft sich und ich boxe ihn auf den Oberarm.

„Du willst kämpfen?", fragt er unvermittelt und lacht höhnisch. Und schon gibt er meinem Ellenbogen einen Stoß, so dass ich flach auf der Matratze lande.

Er wirft sich auf mich, begräbt meinen Körper unter sich und kitzelt mich. Ich pruste vor Lachen und kann schon bald nicht mehr, bekomme keine Luft, auch weil er meinen Mund mit seinem verschließt und mich küsst. Diesmal nimmt er sich Zeit. Streichelt mich lange, zärtlich, liebkost meine Brustwarzen und jagt mit seiner Zunge den Puls zwischen meinen Beinen voran, bis ich die Kontrolle und mich darin verliere. Es ist extrem mit Simon. Er hat eine genaue Vorstellung davon, wie er mich in den Orgasmus treiben kann. Mit einem zarten Schweißfilm auf der Haut liege ich neben ihm und schöpfe Atem.

Mein Magen gibt ein vernehmliches Knurren von sich. Simon sieht mich an und lächelt liebevoll. Ich grinse zurück.

„Was?", fragt er herausfordernd. „Nein, sag nichts! Lass mich raten." Er hebt einen Finger zwischen uns in die Höhe und führt ihn an seine geschlossenen Lippen, bevor er die Stirn in Falten legt und die Augen zusammenkneift, als würde er eine schwierige Aufgabe bewältigen. „Die Befriedigung deiner körperlichen Bedürfnisse gelingt mir gut, ach was sage ich: herausragend!" Er sieht an die Kajütendecke, als müsse er weiterhin scharf nachdenken. „Deswegen .... kümmere ich mich jetzt ums Essen!" Er zieht mich an sich und streichelt kreisend mit seinem Finger genau an der Stelle, oberhalb meines Hinterns, die mich sofort wieder in Fahrt bringt. „Oder was meinst du?", flüstert er provozierend.

„Bitte!", keuche ich.

„Bitte was?", raunt er und seine Finger gleiten hinab, zwischen meine Beine in die feuchte Mitte. „Bettelst du mich etwa an?", knurrt er und leckt meinen Hals. Längst bin ich verloren und die Stimme in meinem Hinterkopf bringt er zum Schweigen, die ansetzt und mir zuflüstern möchte: *So läuft das nicht!*

•

Ich fühle mich wie durch die Mangel gedreht, als ich erwache. Vor Erschöpfung muss ich kurz eingeschlafen sein, aber der Duft von gedünsteten Zwiebeln und Knoblauch weht zu mir in die Koje. Ich öffne die Augen und starre an die Decke. Eine kleine Flamme wärmt mein Inneres und das Gefühl durchflutet meinen Körper bis in den hintersten Winkel.

Ich habe mich verliebt.

Das Bett ist einsam und kalt und ich habe das Gefühl, keine Sekunde ohne ihn sein zu wollen. Ich drehe mich auf die Seite und jeder Muskel schmerzt in meinem Körper, als habe ich eine exotische Strapaze unternommen. *Nun, das hast du ja auch,* kommentiert die Stimme. *Wann hattest du das letzte Mal Sex?* Ich überlege. Das ist mindestens ein Jahr her und hatte nichts mit Liebe zu tun. *Das hier schon,* sagt die Stimme. Sie hat recht!

Simon steht unvermittelt im Raum. „Hey, du bist wach!", sagt er leise.

Ich nicke und strahle ihn an. Ooh, man! Falls ich genauso dämlich grinse wie er, ist es erschreckender, als ich vermute. Er beugt sich zu mir hinunter, drückt mir einen zärtlichen Kuss auf die Lippen und ich registriere, wie schwer es ihm fällt, sich von mir zu lösen.

„Ich hab uns was gekocht. Wir essen an Deck und genießen den herrlichen Abend."

Ich nicke, klemme die Zungenspitze zwischen die Zähne und blicke träge entlang der muskulösen Brust über die feindefinierten Muskeln seines Sixpacks bis hinunter zum Dreieck knapp über seiner Shorts.

„Du Lüstling!", neckt er mich. „Erst wird gegessen." Grinsend wendet er sich um und verschwindet aus der Kajüte. Zufrieden habe ich seine Erregung registriert.

Seufzend rappele ich mich auf. Wenn es sein muss! Ich streife mir String und T-Shirt über und verschwinde nach oben. Simon hat bereits den Tisch an Deck gedeckt. Die Sonne steht tief, hat sich orange verfärbt und verleiht dem Himmel ein Lavendelblütenviolett. Ich genieße die Aussicht. Immer noch passieren uns Schiffe in beiden Richtungen und auf den Radwegen entlang des Maasufers, herrscht reger Betrieb. Ich setze mich in die Lounge, lege einen Arm über die Rückenlehne und beobachte das Treiben. Simon erscheint mit einem Tablett und lächelt mich liebevoll an. Meine anfängliche Zurückhaltung ihm gegenüber ist verflogen und unbekümmert sitze ich hier mit ihm zusammen und das ist phänomenal.

Er setzt das Tablett ab und verteilt diverse Köstlichkeiten auf dem Tisch, teilweise dieselben, die wir am

Nachmittag nicht verzehrt haben, weil wir Besseres zu tun hatten. Ich nasche von den Cocktailtomaten und den Oliven und lasse sie gemeinsam im Mund zergehen. Simon sitzt mir in Shorts gegenüber und ich beobachte das Spiel seiner Muskeln.

Unvermittelt wird er ernst. „Wie sieht unsere Zukunft aus?", fragt er und sieht mir direkt in die Augen.

Mein Herz flattert. „Was meinst du?", frage ich verwirrt und innerlich bebend.

„Sind wir jetzt zusammen? So richtig meine ich?"

Ich überlege einen Augenblick. „Du meinst wie ein echtes Paar?", bohre ich nach und muss ein Grinsen unterdrücken.

„Ja!", knurrt er und sieht aus, als ob er jeden Moment die Geduld mit mir verliert.

Ich lasse mir Zeit mit der Antwort, den Blick über die im Sonnenuntergang orange rot glitzernde Oberfläche der Maas schweifen. Lächelnd schaue ich ihn an. „Ich denke schon!"

„Du denkst .... ?", fragt er entrüstet, schiebt das Kinn vor und starrt mich aus zusammengekniffenen Augen an. Langsam nicke ich.

Er rutscht zu mir heran. „Offensichtlich war ich nicht überzeugend genug!", sagt er und streichelt mir den nackten Oberschenkel hinauf.

„Das ist es nicht", flüstere ich und grinse ihn unverschämt an.

„Ok. Ruby! Schieß los. Spann mich nicht auf die Folter." Er legt den anderen Arm um meine Schulter und fährt fort, mir den Oberschenkel hinauf zu streicheln. Ein feines Prickeln rieselt mir über die Haut, ausgelöst durch seine Berührung aber auch durch meine neckende Provokation und seine Reaktion darauf. Ich denke einen Augenblick nach, obwohl es mir unter diesen Bedingungen schwerfällt. „Soll ich ehrlich sein?", frage ich und sehe ihn ernst an.

„Nur zu! Ich bin ganz Ohr." Seine Aufmerksamkeit konzentriert sich ausschließlich auf mich.

Ich beuge mich vor zu seinem Ohr, damit er die Emotionen, die in mir toben, nicht in meinen Augen lesen kann. „Du bist mir zu gefährlich!", raune ich und ziehe mich augenblicklich zurück.

„Wie meinst du das?", verwirrt sieht er mich an.

„Wenn du fortfährst, mich derart zu verwöhnen, verliebe ich mich in dich", flüstere ich atemlos und schaue ihn ernst an.

Er sieht mich eindringlich an. „Das hoffe ich doch!", erwidert er rau und räuspert sich. „Das ist mein erklärtes Ziel." Sein Gesichtsausdruck ist so finster, dass mein Magen sich verkrampft und ich nach Luft schnappe.

„Dann halte ich mich in Zukunft besser von dir fern", wispere ich kaum verständlich. Mein Puls rast und meine Haut prickelt von der Intimität dieses Gesprächs.

„Das, meine Liebe, wird dir nicht gelingen, denn ich werde es zu unterbinden wissen!", sagt er leise und grinst grimmig.

„Wir werden sehen“, entgegne ich heiser mit einem Kloß im Hals, trotzdem grinse ich ihn schelmisch an.

„Wage es nicht!“, knurrt er, zieht mich an sich und küsst mich.

„Die leckeren Speisen, wollen wir die nicht erst genießen?“, frage ich, als ich wieder zu Atem komme.

Zärtlich streicht er mir über die Wange und sieht mich intensiv an. „Ich meine es ernst, Ruby!“, sagt er leise.

„Mit uns“, fügt er hinzu und küsst mich abermals leidenschaftlich.

Ich glaube ihm jede Silbe und fühle genauso wie er.

„Ziel erreicht!“, verkünde ich mit allem Ernst in der Stimme, dessen ich fähig bin.

Mit großen Augen starrt er zu mir hinunter.

„Ich verliebe mich in dich!“, flüstere ich erregt und küsse ihn hingebungsvoll.

Kapitel 20

Es war wie im Traum. Mit geschlossenen Augen erinnere ich mich an das Plätschern der Wellen an die Bootswand. Vollkommen erschöpft bin ich eingeschlafen und heute Morgen aufgewacht mit dem Gedanken, dass wir zurückmüssen. Die Realität holt uns ein. Aber wir kehren als Paar zurück, um die Widrigkeiten und Probleme von nun an gemeinsam zu meistern, und das lässt mein Herz höher schlagen und ich fühle mich leichter, beschwingter.

Nachdem wir an Deck unter der noch schräg stehenden Sonne gefrühstückt haben, hat Simon den Anker gehisst und wir sind zurück in den Hafen von Roermond an den Anlegeplatz geschippert.

Während der Rückfahrt nach Köln grinst Simon wie ein Honigkuchenpferd, sieht mich ab und zu von der Seite an und strahlt über das ganze Gesicht, als habe er einen riesen Coup gelandet. Ich lächle zurück und drücke seine Hand, die auf der Gangschaltung ruht. Ich fühle mich anders, irgendwie. Wenn er mich so ansieht, habe ich das Gefühl die tollste Frau der Welt zu sein und die Eine für ihn. *Wer weiß wie lange das anhält,* unkt die Stimme in meinem Hinterkopf. Ich tue das einzig Richtige und ignoriere sie. Im Augenblick bin ich glücklich und frei und leicht und das Gefühl lasse ich mir nicht zerstören.

In Köln setzt Simon mich vor meiner Wohnung ab und fährt weiter in seine eigene. Er ist keine zwei Sekunden weg, ich beobachte, wie das Heck seines Wagens aus meinem Blickfeld verschwindet, da vermisse ich ihn bereits. Ich winke ihm hinterher, gehe widerstrebend auf die Haustür zu und wühle in meiner Handtasche nach dem Haustürschlüssel. Wo ist denn das verflixte Teil? Ich fische einen bombastischen Schlüsselbund mit diversen Stofftieranhängern heraus, damit ich ihn in den Tiefen der Tasche besser aufspüre, mein Portemonnaie und einen Taschenkalender, aber der Haustürschlüssel taucht nicht auf, der separat an einem Wolf mit Schafspelz baumelt. Bevor ich genervt den Inhalt der Handtasche auf den Bürgersteig kippe, klingele ich bei Sina.

Die Haustür summt. Ich schnappe mir die Tasche und drücke mit dem Hintern zuerst die Tür auf. Als ich mich herumdrehe und in den Hausflur schlüpfe, steht Sina im Türrahmen zu ihrer Wohnung und sieht mich aus rot geweinten Augen an.

Sofort bin ich bei ihr und schließe sie in die Arme. „Hey. Süße! Was ist denn los?" Augenblicklich packt mich das schlechte Gewissen. „Ist es wegen letzter Nacht? Konnte Lilly doch nicht auf Alea aufpassen?"

Mit zuckenden Schultern reißt sie sich von mir los und sieht mich mit zitternden Lippen an. Tränen rinnen über ihre Wangen. „Nein. Damit hat es nichts zu tun!", mault sie mit rotziger Nase, dreht sich um und verschwindet in ihrer Wohnung. Hilflos sehe ich ihr hinterher. Da sie die Wohnungstür offengelassen hat, interpretiere ich das als Aufforderung und folge ihr. In der Küche kehrt sie mir den Rücken zu und starrt auf einen Punkt an der Wand.

„Ist was mit Alea?", frage ich erschrocken, Panik steigt in mir auf und schnürt mir die Kehle zu.

„Nein das ist es nicht", antwortet sie.

Langsam verliere ich die Geduld. „Was ist es dann?", frage ich erneut, diesmal leicht genervt.

Sie dreht sich zu einem Board um, das neben ihr auf Schulterhöhe an der Wand angebracht ist, kramt ein Papier, zwischen Postkarten und Kochbüchern festgeklemmt, hervor und reicht es mir.

Ich falte es auseinander.

Kündigung des Mietverhältnisses, fettgedruckt in der Betreffzeile.

Ich halte die Luft an und presse die Lippen aufeinander. „Die können dir doch nicht kündigen", schnappe ich. „Du bist alleinerziehend!"

„Lies weiter!", fordert Sina mich auf und starrt resigniert auf eine gesprungene Fliese auf dem Boden.

Ich tue wie geheißen und nehme mir das Papier erneut vor. Leise lese ich: „Hiermit kündigen wir zum 01.06.2024 das Mietverhältnis zwischen Frau Sina Weinert und Simon Pütz wegen Eigenbedarfs. Mit freundlichen Grüßen bla bla bla .....!" Mir wird übel.

„Das kann er doch nicht ....!"

„Was?", schneidet Sina mir das Wort ab. „Machen?"

Sie stellt sich neben mich und hackt wütend mit dem

Zeigefinger auf das Blatt Papier ein. „Das sieht verdammt danach aus!“

„Aber das kann doch nicht ....!“, stottere ich und kriege das alles nicht zu einem logischen Zusammenhang in meinem Kopf sortiert.

Unvermittelt baut sie sich mir gegenüber auf und stemmt die Fäuste in die Hüften. „Das habt ihr euch nett ausgedacht!“ Ironie trieft aus ihrer Stimme.

Ich blinzele sie verdattert an. „Aus ...Ausge .... Ausgedacht?“, stammele ich und kann ihr nicht folgen.

„Na, Simon und du!“ Ihr Kopf läuft rot an und wütend sticht sie mit dem ausgestreckten Zeigefinger nach mir.

„Tut mir leid! Ich weiß nicht, was du meinst! Tu mir den Gefallen und klär mich über deine wirren Gedankensprünge auf.“ Ich hebe die Achseln und starre sie aus großen, brennenden Augen an.

Meine Unwissenheit scheint sie nur mehr auf die Palme zu bringen. „Wird das euer neues Domizil?“ Ihre Frage trieft vor Sarkasmus und Provokation.

Allmählich sickert ihr Gedankengang in mein Hirn. „Ich denke, Simon ist domizilmäßig sowas von gut ausgestattet. Der hat das hier nicht nötig.“ Langsam werde ich sauer.

Sie kneift die Augen zusammen. „Warum dann die Kündigung?“, fragt sie und ihre verzweifelte Entrüstung ist greifbar.

„Ich weiß es doch auch nicht. Fragen wir ihn, wenn er gleich vorbeikommt." Ahnungslos strecke ich ihr die Handinnenflächen entgegen.

„Nützen wird es nichts mehr", sagt sie erbost.

Keines meiner Argumente, beruhigt sie und ich verstehe sie sogar. Eine bezahlbare Wohnung wie diese hier in Köln zu finden, ist unmöglich. Als Alleinerziehende erwirtschaftet sie kaum ein ausreichendes Einkommen, um Wohnraum für sich und ihre Kleine zu finanzieren. Ihre Situation ist aussichtslos.

„Ich bringe meinen Rucksack nach oben, komme dann wieder und wir besprechen das", schlage ich leise vor.

„Was gibt es da zu reden? Wo sollen Alea und ich hin? Wenn das so weitergeht, enden wir unter der Hohenzollernbrücke." Ungehindert rollen ihr Tränen über die Wangen.

Ich gehe zu ihr, drücke sie an mich und streiche ihr tröstend über den Rücken. „Es findet sich eine Lösung", sage ich aufmunternd. „Das hat es immer!" Warum ich meine Mitmenschen mit optimistischen Sprüchen versorge, an mir hingegen die Zuversicht abperlt wie Regen von einem Lotusblatt, wage ich nicht zu ergründen. Ich löse mich von ihr und verlasse die Wohnung. Mein Magen liegt wie ein Klumpen Teer zwischen den rumorenden Eingeweiden. Es war so vollkommen mit Simon auf dem Boot. Was soll das jetzt? Ich schließe die Wohnungstür auf und betrete den Flur. Auf dem Fußboden liegt ein Brief. Manchmal leert Sina meinen Briefkasten, wenn ich nicht zu

Hause bin, und schiebt mir die Post unter dem Türschlitz durch.

Ich pflücke den Brief vom Boden. Zu öffnen brauche ich ihn nicht, schwant mir doch bereits, was er enthält, trotzdem schlitze ich ihn der Länge nach auf. Das Blatt Papier entfaltet sich und segelt vor meine Füße auf den Boden. Die Betreffzeile springt mir fett ins Auge: ***Kündigung des Mietverhältnisses***.

Wie betäubt hebe ich es auf und lese das Schreiben bis zum Ende. Ich muss seine Unterschrift sehen, mit meinen eigenen Augen. Geschwungen prangt sie dort und schlitzt mir das Herz auf. Erschöpft lasse ich mich auf einen Stuhl sinken, als es an der Tür klingelt. Das wird er sein. Meine Resignation verwandelt sich in Wut. In alles verzehrende heiße Wut. Wieso tut er uns das an? Wenn Sina und ich so eine Kündigung erhalten haben, hat Frau Grünenthal unter Garantie auch eine im Briefkasten.

Wie stellt er sich das vor?

Die alte Dame liegt seit Tagen auf der Intensivstation und versucht, von einem Herzinfarkt zu genesen. Wenn sie von der Kündigung erfährt, erleidet sie sofort einen Weiteren, womöglich Tödlichen. Ich springe auf, rase in den Flur zur Tür und reiße sie auf.

Die Wangen glatt und glänzend, das Haar noch feucht, steht er, frisch rasiert und geduscht vor mir. Sein Duft nach Wald und seinem Rasierwasser steigt mir in die Nase und obwohl ich ihm die Augen auskratzen will, geht meine Phantasie eigene Wege und ich habe das drängende Bedürfnis, ihr nachzugeben.

„Was ist los?", fragt er. Sein Lächeln verschwindet augenblicklich und er setzt eine ernste Miene auf. Offenkundig spiegelt die Mimik in meinem Gesicht die in mir tobenden widerstreitenden Gefühle. Wortlos reiche ich ihm die Kündigung.

„Was ist das?", fragt er alarmiert.

„Sag du es mir!", fordere ich polternd und verschränke die Arme wie ein Bollwerk vor der Brust.

„Können wir das bitte in der Wohnung besprechen? Muss ja nicht das ganze Haus mitbekommen." Seine Stimme klingt flehentlich, für mich ein klares Schuldeingeständnis.

„Warum nicht?", schnappe ich. „Alle im Haus sind betroffen!"

Verunsichert flackert sein Blick und er widmet sich dem Schreiben. „Das ist nicht von mir", sagt er und sieht mich offen an.

„Du hast es unterschrieben", mache ich ihn auf eine nicht zu übersehende Tatsache aufmerksam und steche mit dem Zeigefinger auf die Stelle an der Rückseite des Schreibens ein, an der ungefähr seine Unterschrift zu lokalisieren ist. Er schnappt nach meinem Handgelenk, doch ich bin schneller und weiche vor ihm zurück.

„Ruby! Du musst mir glauben, dass ich hiervon keine Ahnung habe." Er schwenkt das Blatt Papier vor mir wie ein weißes Taschentuch zur Kapitulation und

nähert sich. Ich will ihm die Tür vor der Nase zudrücken, doch diesmal hat er den Vorteil auf seiner Seite und hält dagegen, weil er stärker ist als ich. Ich fliehe durch den Flur in die Küche und höre ihn hinter mir. Er kommt näher, greift nach meinem Handgelenk und zwingt mich stehen zu bleiben. „Ruby, bitte", flüstert er hinter mir. Er zieht mich zu sich heran und umfasst meine Taille mit festem Griff. Ich spüre seinen Atem auf der Wange und sofort reagiert mein Körper verräterisch auf ihn. „Ich kläre das. Versprochen!"
Ich spüre seine Härte am Gesäß, meine Wut erlischt zu einem mickrigen Häufchen Asche und der Widerstand bröckelt.

„Ich bin verliebt in dich, will mit dir jede Sekunde eines jeden Tages zusammen sein", sagt er leise, dicht an meinem Ohr.

Seine Worte wärmen mein Inneres und ich glaube ihm. Dennoch! Dieses Schreiben spricht eine andere Sprache und seine Liebeserklärung kann den bohrenden Zweifel nicht komplett ausräumen. Es gab einen Mann in meinem Leben, der mir Versprechungen gemacht und jedes Einzelne gebrochen hat. Mein Vater! Er hätte mich lieben und beschützen, mir über den großen Verlust meiner Mutter hinweghelfen müssen. Das war seine gottverdammte Pflicht! Stattdessen schleppte er eine Abfolge Ersatzmütter an, allesamt ein billiger Abklatsch meiner Mutter und setzte sie mir vor die Nase. Eine kurvenreicher und betörender als die andere, aber keine bot mir den Trost oder den Halt, den ich so dringend gebraucht hätte. Verführerische Verpackung ohne Inhalt und ihm waren sie mehr Aufmunterung als mir, in vielerlei Hinsicht.

Ich löse mich aus Simons Umarmung, drehe mich zu ihm um und sehe ihm in die Augen. Er hält meinem Blick stand. Ein kleiner Rest Zweifel bleibt Bestehen, obwohl ich ihm zu gern trauen würde, aber es passt alles zu gut zusammen. Hat er sich deshalb an mich ran gemacht, um ohne großen Widerstand an das Haus zu kommen? „Sina hat ebenfalls eine Kündigung erhalten. Wo soll sie hin als Alleinerziehende mit Kind? Die kriegt doch nie wieder was, endet unter der Hohenzollernbrücke." Meine Lippen beben und der Kloß im Hals lässt mich nur flach atmen. „Und Frau Grünenthal?", bohre ich nach und mein Kummer spiegelt sich in seinen Augen wider. Tränen laufen mir über die Wangen und ich schmecke Salz auf der Zunge. Ich weiß nicht, welcher Schmerz schwerer wiegt, derjenige, wieder im Stich gelassen zu werden oder der, vor dem absoluten Nichts zu stehen. „Was ist mit mir?", wispere ich kaum hörbar.

Er zieht meinen bebenden Körper an sich und umfängt ihn mit seinem muskulösen Oberkörper. „Ich verspreche dir, dass ich für euch alle eine Lösung finde", flüstert er, streicht mir tröstend über die nasse Wange und küsst mich zart aufs Haar. „Ich muss los", sagt er unvermittelt und löst sich von mir.

Mir wird eiskalt und ich friere. „Wo willst du hin?“,
frage ich alarmiert.

„Ich hab, was zu klären und versuche, euer Problem
zu lösen, das jetzt auch meines ist. Wir stehen das
gemeinsam durch.“ Er lächelt mich aufmunternd an,
wendet sich um und verschwindet aus der Wohnung.

Kapitel 21

Am liebsten würde ich ihm hinterherrennen. Was hat er vor? Was, wenn die Lösung die ihm vorschwebt, nicht in unserem Sinne ist? Wir sind zwar in diesem Haus gestrandet wie Treibgut, aber inzwischen eine funktionierende Hausgemeinschaft. Jeder hilft jedem. Wir stehen einander bei. Wie in einer richtigen Familie!

Ich bin so erschöpft, dass ich mich am liebsten ins Bett legen würde, aber die Gedanken werden kreisen und ich nicht zur Ruhe kommen. Was .... wenn ....! In allen Farben, Formen und Variationen. Ich muss mich beschäftigen, um diesem Gedankenkarussell zu entkommen. Sehnsüchtig denke ich an unseren Kurztrip zurück. Simon und ich gemeinsam am Deck des Bootes. Ich an ihn gelehnt, er den Arm um mich geschlungen, als wolle er mich nie wieder loslassen. Mein Herz krampft sich zusammen. Habe ich kein Glück verdient? Bevor ich noch mehr im Selbstmitleid versinke, beschließe, ich Frau Grünenthal im Krankenhaus zu besuchen. Vielleicht kann ich heute zu ihr. Ich schnappe mir meine Tasche und verlasse die Wohnung.

Im Erdgeschoss klingele ich an Sinas Tür. Mit rot geweinten Augen öffnet sie. Knapp kläre ich sie über den Stand der Dinge auf. Skeptisch hört sie mir zu. Ich kann es ihr nicht verdenken. Ich weiß ebenso wenig, was ich glauben soll und was nicht. Unterwegs zur Bahnhaltestelle bemerke ich meinen knurrenden Magen. Das Frühstück heute Morgen fiel eher dürftig aus, weil wir spät dran waren. Sofort schieben sich Bilder aus der Erinnerung in den Vordergrund: Mein Kopf, der auf Simons muskulöser Brust ruht. Seine weichen Fingerkuppen, die über meinen Bauch gleiten, den Bauchnabel umkreisen und mich elektrisieren. Ich schiebe sie beiseite und ihre unwillkommenen Nebenwirkungen ebenfalls. Ich muss mich jetzt auf die Zukunft konzentrieren, denn nichts Geringeres steht hier auf dem Spiel. Obwohl mein Magen wie zugeschnürt ist, kaufe ich mir ein belegtes Brötchen und zwinge mich, hinein zu beißen. Meine Kehle zieht sich zu und ich kaue lange auf dem faden Bissen herum, bis ich ihn hinunterwürge. An der Bahnhaltestelle wühlt ein Obdachloser nach Pfandflaschen in den Mülleimern. Ich reiche ihm das Brötchen und steige in die Bahn, die eingefahren ist und ihre Türen ruckelnd öffnet.

Und wieder sehe ich Simon vor mir. Verdammt! Wie kriege ich ihn aus meinem Kopf? Mit chirurgischen Instrumenten rausschneiden ist keine Option. Vielleicht schaue ich mich nach einem anderen Job um, damit ich ihn nicht täglich vor der Nase habe. Denn schon jetzt, obwohl er versprochen hat sich um die Angelegenheit zu kümmern und sie wieder gerade zu biegen, bin ich mir nicht sicher, ob ich mich auf ihn verlassen kann. Was wiegt schwerer? Meine Schwierigkeiten, ihm das nötige Vertrauen entgegenzubringen oder dass er mich bei der ersten ihm sich bietenden Gelegenheit übers Ohr haut. Auf dem ganzen Weg in die Uniklinik bin ich gefangen in darum kreisende Gedanken, wobei meine Phantasien keine Grenzen kennen. Bilder materialisieren sich in meinem Hirn, mit Katharina logiert er in einem schicken Restaurant, sie prosten einander zu und feiern ihren grandiosen Sieg, gleichzeitig meine Niederlage. Ich schüttele den Kopf, das Bild zerfällt in tausend Splitter und meine innere Stimme verhöhnt mich. *Glaubst du wirklich, dass du ihm so wichtig bist, dass er einen Sieg über dich mit Champagner besiegeln würde?* Ich schließe kopfschüttelnd die Augen, presse die Lippen aufeinander und bin total paranoid.

Vor der Intensivstation angekommen klingele ich an der Tür. Eine Krankenschwester, die ich hier bisher noch nicht gesehen habe, öffnet mir die Tür und sieht mich fragend an.

„Ich möchte Frau Grünenthal besuchen", bringe ich zaghaft mein Anliegen vor.

„Die liegt nicht mehr hier", erklärt sie knapp und schließt die Tür vor meiner Nase. Das katapultiert mich endgültig in die Realität und der Nachmittag mit Simon auf dem Boot scheint Lichtjahre entfernt. Ich halte die Luft an. Was jetzt? Ich haste zur Information in der Eingangshalle, um mich zu erkundigen, wohin man sie verlegt hat. Vielleicht geht es ihr besser, so dass sie auf einer normalen Station liegt. Aber inzwischen befinde ich mich in der Abwärtsspirale meiner negativen Gedanken, so dass für einen optimistischen Fortschritt kein Platz bleibt. Die Sorge überwiegt und übernimmt die Führung.

Ich stelle mich ans Schlangenende der Wartenden. Abwesend lausche ich der Kakophonie der Unterhaltungen von Besuchern, Patienten und Personal, die von den hohen Glaswänden widerhallen und dahinplätschern wie ein seichter Wasserfall. In einer Sitzecke rechts neben mir, halb verdeckt von einer exotischen Pflanze kauert eine junge Frau und schlägt die Hände vors Gesicht. Ein Mann in grüner OP – Kleidung redet auf sie ein. Ein anderer sitzt neben ihr und streicht ihr besänftigend über den Rücken. Die Schultern der Frau zucken unkontrolliert und sofort wird mein Hals eng.

„Womit kann ich Ihnen helfen?", fragt mich die junge Mitarbeiterin hinter dem Tresen der Information.

„Ich möchte zu Frau Grünenthal. Können sie mir sagen, auf welcher Station sie liegt?" Angespannt verschränke ich die Arme vor der Brust.

Die junge Frau erkundigt sich nach dem vollständigen Namen der Patientin, wendet sich dem Bildschirm zu und ihre Finger fliegen in rasender Geschwindigkeit über die Tastatur, während sie mit der Zunge an ihrem Lippenpiercing spielt. Abrupt hört sie auf zu tippen, wartet einen Moment ab und sieht mich dann voller Mitgefühl an. Eine kalte Faust schließt sich um mein Herz und ich bekomme eine Gänsehaut.

„Sind sie eine Angehörige?", erkundigt sie sich.

Wie aus der Pistole geschossen antworte ich: „Die Enkelin!"

„Sie ist auf der Intensivstation", informiert sie mich mitfühlend.

„Ja!" Ich nicke. „Da war ich vergebens. Dort liegt sie nicht mehr."

Abermals hämmert sie auf die Tastatur ein, wartet einen Augenblick und sieht mich an. „Sie wurde auf eine andere Intensivstation verlegt." Sie beschreibt mir den Weg. „Viel Kraft!", wünscht sie mir zum Abschied und ich frage mich wofür.

Ich folge ihrer Beschreibung und klingele. *Kardiochirurgische Intensivstation 2* verraten mir die großen weißen Buchstaben auf der Schiebetür. Durch das trübe Glas registriere ich eine Kontur, die sich auf mich zubewegt und die Tür gleitet zur Seite. Das gleiche Prozedere. „Ich möchte zu Frau Grünenthal!", erkläre ich, fest entschlossen mich dieses Mal nicht abwimmeln zu lassen.

„Sind Sie eine Angehörige?", werde ich wieder gefragt. Ich nicke und schaue der Pflegerin in Grün über den Mundschutz hinweg in die Augen.

„Die Enkelin!" Die Lüge geht mir glatt über die Lippen, müheloser als gedacht. Meine Wangen glühen, trotzdem halte ich ihrem prüfenden Blick stand und folge ihr. Auf dem Weg über den Flur reicht sie mir einen Mundschutz, den ich überstreife. „Wie geht es ihr?", nuschele ich hinter dem festen Zellstoff.

„Den Umständen entsprechend", antwortet die Schwester und zieht ihren wieder straff über das Gesicht.

„Was bedeutet das?" Innerlich verdrehe ich die Augen. Woher soll ich wissen, wie die Umstände sind. Die Schwester dreht sich zu mir um und sieht mich ernst an. „Das besprechen Sie am besten mit dem behandelnden Arzt!"

Na, Prima! Wieder nur ausweichendes Geschwafel und keine Antworten. Immerhin führt sie mich zum Bett *meiner Großmutter*. Ihr Gesicht ist weiß wie das Kissen, auf dem ihr Kopf gebettet ist und ihre Lider durchscheinend wie zu straff gespannter Stoff, der augenblicklich zu reißen droht.

Die Schwester lässt mich mit ihr allein. „Der Arzt kommt jeden Moment zu Ihnen!", ruft sie im Hinausgehen.

Ich nicke ihr zu und beobachte, wie sie die Box in der Frau Grünenthal liegt, eilig verlässt und zum nächsten Patienten hetzt.

Ich wende mich um und nähere mich der alten Dame. Neben ihr steht eine Apparatur mit Display und Knöpfen, die piept und blinkt. Eine Weitere ächzt und stöhnt wie ein Blasebalg im gleichen Takt, wie sich Frau Grünenthals dürrer Brustkorb unter der Decke hebt und senkt. Ich nehme ihre Hand in meine. Sie fühlt sich kalt und trocken an und ist von blauen Flecken und Schwellungen übersäht, Zeugnisse zahlreicher, vergeblicher Versuche sie zu punktieren und Blut abzunehmen.

„Sind Sie die Angehörige der Patientin?" Der Arzt weist mit dem Kinn Richtung Bett. Er ist vollkommen in Grün gekleidet. Vom Gesicht sieht man nur die Augen hinter einer Brille und sogar die sind grün. Dunkles Haar stibitzt sich an den Seiten der Zellstoffhaube hervor.

„Die Enkelin", antworte ich leise.

„Gott sei Dank, dass Sie sich melden", bringt er vor und mustert die Anzeigen auf dem Display der Apparaturen, an die Frau Grünenthal angeschlossen ist.

Höre ich da einen leisen Vorwurf in seiner Stimme? Ich würde ihm gern die Wahrheit entgegenschreien: dass die alte Dame niemand anderen hat, außer Sina, Alea und mir, dass ihre eigenen Kinder sich einen Dreck um ihren Zustand scheren. Aber das ist ausgeschlossen. Dann würde ich mich als die entlarven, die ich bin, nämlich nichts weiter als eine Nachbarin. Wenigstens kümmere ich mich. „Wie geht es ihr?", frage ich gepresst.

„Den Umständen entsprechend!", antwortet er, verstellt das Dosierrad an einer Infusion und beobachtet wie die Tropfen schneller in den Infusionsschlauch hineinfallen.

Ich halte die Luft an und unterdrücke den Impuls, ihm eine unangemessene Bemerkung diese Phrase betreffend entgegenzuschleudern. „Wie sind die Umstände?“, frage ich stattdessen müde.

„Wir haben ihr zwei Stents gesetzt. Während des Eingriffs kam es zu einem Zwischenfall.“ Er sieht ernst auf Frau Grünenthal hinab, die in dem riesigen Pflegebett ganz verloren wirkt.

„Was ist passiert?“ Ich halte die Luft an.

„Es kam zu einer Blutung in der Leiste. Ein Gefäßchirurg musste hinzugezogen und Frau Grünenthal in Narkose versetzt werden.“

„Wann kommt sie wieder zu sich?“, frage ich hoffnungsvoll.

„Wir haben mehrfach versucht, sie aufwachen zu lassen, aber jedes Mal kam es zu einer Dekompensation des Herzens“, erklärt er sachlich.

„Was heißt das?“, frage ich und bin beunruhigt. Das klingt nicht gut. Gar nicht gut!

„Im Klartext bedeutet das: Jedes Mal wenn das Herz die Arbeit wieder aufnehmen soll, weil wir die Maschine, die zu seiner Unterstützung beiträgt, herunterfahren, macht es schlapp. Wir wissen nicht, wann sie wach wird. Das liegt ganz bei ihr.“ Er nickt Richtung Bett und wirft einen Blick auf die Digitalanzeige, die piept und blinkt.

„Kann ich etwas für sie tun?“ Mir treten Tränen in die Augen. Das alles hat sie ganz alleine durchmachen müssen, ohne Unterstützung an ihrer Seite.

Der eher schroffe Tonfall des Arztes wird weicher, als er sagt: „Sie können bei ihr bleiben, ihre Hand halten, ihr vorlesen, oder ihre Lieblingsmusik vorspielen. Hauptsache sie bemerkt, dass jemand für sie da ist." Er richtet seinen Blick wieder auf das eingefallene Gesicht der alten Dame. „Sie ist halt nicht mehr die Jüngste. Da kann so ein Vorfall dem Körper schwer zusetzen."

Ich streiche ihr mit dem Daumen über den Handrücken.

„Sie sind nicht die Enkelin, oder?", fragt er leise.

Ich fahre zu ihm herum und sehe ihn erschrocken an.

„Keine Angst, ich verrate Sie nicht", flüstert er. „Hat sie keine Familie?", fragt er.

Ich zucke die Achseln. „Sie hat einen Sohn und eine Tochter, die beide nicht in Köln leben. Mehr weiß ich auch nicht. Sie redet nie von ihnen und in ihrer Wohnung gibt es keine Bilder. Aus irgendeinem Grund haben sie aufgehört, für sie zu existieren."

„Es wäre trotzdem gut, wenn Sie nach Kontaktdaten von Angehörigen suchen. Es könnte hilfreich sein, falls Entscheidungen zu treffen sind, damit diese juristisch Bestand haben."

„Ich schaue, was ich tun kann. Darf ich trotzdem wiederkommen? Ich meine, auch wenn ich keine Verwandte bin?"

Er nickt. „Für mich sind Sie weiterhin die Enkelin." Damit wendet er sich um und verlässt die Box.

Ich sehe seinem Rücken hinterher, wie er um die Ecke verschwindet, und lausche der raschelnden grünen OP-Kleidung. Sanft und einfühlsam war er und sah verdammt zuckersüß aus, jedenfalls das, was nicht von der Maske verdeckt wurde.

Ich wende mich wieder Frau Grünenthal zu. Die Gesichtszüge sind schlaff und ihre Augäpfel kullern unter den durchscheinenden Lidern von einem Augenwinkel in den anderen. Ich streiche ihr mit dem Handrücken über die kühle Wange und rede leise mit ihr. Ich erzähle ihr von Alea, wie die letzten Tage ohne sie vergangen sind, dass wir sie brauchen und wie sehr Alea sie vermisst. Die Augen kommen zur Ruhe und ich habe den Eindruck, der Brustkorb hebt und senkt sich nicht mehr so hektisch wie zuvor. Beim Abschied verspreche ich ihr, dass alles gut wird. Wie eine die Geschehnisse überschattende Mahnung steht die Wohnungskündigung vor meinem inneren Auge und schnürt mir die Kehle zu. Woher nehme ich die Großspurigkeit, ihr so etwas zu garantieren, wo wir doch alle vor dem Nichts stehen und auf der Straße landen werden? Ich dränge die Tränen zurück, drücke ihr einen Kuss auf die runzelige Wange und verabschiede mich von ihr mit dem Versprechen am folgenden Tag wiederzukehren. Das kann ich wenigstens halten.

Kapitel 22

In der Straßenbahn kommt mir die Idee, dass Sina sich ebenfalls als Frau Grünenthals Enkelin ausgeben und sich mit mir mit den Besuchen abwechseln kann. Außerdem versteht Sina mit ihren medizinischen Kenntnissen wesentlich besser, was die Ärzte über den Zustand der Patientin referieren. Ich verfluche mich dafür, dass ich nicht mitgeschrieben habe, was der Doktor vorgetragen hat, denn die Hälfte der Fachbegriffe habe ich nicht verstanden und bereits wieder vergessen. Trotzdem werde ich Sina mit meiner Idee konfrontieren.

Das kurze Stück von der Straßenbahnhaltestelle bis zu unserem Haus gehe ich schnell zu Fuß. Ich lasse den Blick mit leerem Kopf über die Schaufenster schweifen und biege um die Straßenecke, als er an Katharina hängen bleibt, die mit Simon und einem älteren Herren vor dem Restaurant steht und sich unterhält. Ich ziehe mich zurück und spähe um die Hausecke. Sie setzen sich in Bewegung und bleiben vor unserem Haus stehen. Was zum Teufel soll das werden? Sie starren die Fassade hinauf. Katharina hat irgendwelche Papiere in der Hand, in denen sie vor- und zurückblättert, wieder die Hausfassade hinaufstarrt, etwas sagt und in ihre Dokumente schaut. Sind das die Sanierungspläne für das Haus, damit sie anschließend die Wohnungen doppelt so teuer vermieten können?

Unvermittelt wird die Haustür aufgerissen und Sina erscheint im Rahmen. Sie schimpft und gestikuliert wild in Simons Richtung. Der versucht sie zu beschwichtigen, doch das lässt sie nicht zu. Ich verstehe nicht, was gesprochen wird, kann nur aus Gestik und Mimik schließen, was vor sich geht. Kurz überlege ich einzuschreiten und meine Freundin zu besänftigen, aber auch sie braucht ein Ventil für ihre Wut und darf Dampf ablassen. Der ältere Herr ergreift das Wort, doch das, was er sagt, bringt Sina noch mehr auf die Palme, denn sie unterstreicht ihre laute Erwiderung mit einem resoluten Aufstampfen ihres Fußes. Katharina lässt die ganze Auseinandersetzung kalt. Ungerührt blättert sie in ihren Aufzeichnungen, betrachtet das Haus, geht einen Schritt nach links, neigt den Kopf einen Hauch nach rechts und schenkt den Papieren in ihrer Hand erneut ihre ungeteilte Aufmerksamkeit. Ist sie es, die hinter diesem ganzen Schlamassel steckt? Ist sie es, die uns aus dem Haus vertreiben will, weil sie, Gott weiß was, mit dem Gebäude vor hat? Ist der ältere Herr ein Investor? Steckt er Geld in ein größeres Projekt, um es zu vervielfachen? All diese Fragen wirbeln mir durch den Kopf und ich brauche dringend Antworten. Ich flitze um die Ecke und marschiere auf die Vier zu. Simon bemerkt mich als erster und seine Augen weiten sich. Es ist ihm unangenehm, dass ich hier aufkreuze. Schnell sieht er zu dem älteren Herren, der mich jetzt auch entdeckt.

„Kann ich behilflich sein?", frage ich förmlich in die Runde und sehe Sina an. Die formt ein lautloses Danke mit den Lippen.

„Wir inspizieren eins unserer Investitionsprojekte", erklärt Katharina spitz.

„Heißt im Klartext?", bohre ich und schiebe provozierend das Kinn vor.

„Die Wohnungen werden saniert und wieder vermietet. Wohnraum wird knapp in Köln und wir tun unser möglichstes dafür ....!"

„Dass er knapp bleibt!", grätscht Sina dazwischen.

„Zumindest der Bezahlbare!", setze ich hinzu.

„Was haben Sie eigentlich mit der ganzen Angelegenheit zu tun?", frage ich den älteren Herren, der sich bis jetzt weder vorgestellt, noch sich in dem Gespräch zu Wort gemeldet hat.

Er öffnet bereits den Mund, da kommt Katharina ihm zuvor. „Darf ich vorstellen: Das ist mein zukünftiger Schwiegervater Gernot Pütz. Simons Vater und der Investor unseres neuen Prestigeprojekts." Strahlend wendet sie ihren Blick von ihm auf die Fassade des Hauses.

Simon schnappt nach Luft.

Ich verenge die Augen und starre ihn an. „Also doch", flüstere ich und presse die Lippen aufeinander. Mir ist, als ob ein Clownskopf mit irren Gesichtszügen auf einer Spirale aus einer Box emporschnellt, mich schaukelnd verhöhnt.

Simon legt den Kopf schief und schließt die Lider für eine Sekunde, bevor er den Mund aufmacht.

„Sag jetzt bloß nicht, du kannst mir alles erklären!", schneide ich ihm das Wort ab.

Er presst stattdessen die Lippen aufeinander.

Ich wende mich Gernot Pütz zu. „Wir haben bestehende Mietverträge und Kündigungsfristen sind einzuhalten", erkläre ich ihm.

„Das ist mir bekannt." Seine Stimme hat ein beruhigendes Timbre und strahlt Autorität aus. „Nichts liegt uns ferner, als redliche Menschen ohne Dach über dem Kopf auf die Straße zu setzten, nicht wahr Katharina?" Er sieht seine zukünftige Schwiegertochter streng an und in seiner Stimme klingt eine gewisse Schärfe mit. Sie schaut ihn abschätzend an, nickt knapp und klimpert listig mit ihren schwarzen Wimpern.

Gernot Pütz wendet sich mir wieder zu. „Sie hören von uns." Er reicht mir die Hand, doch ich betrachte sie wie ein lästiges Insekt, das verscheucht werden muss, und nehme sie nicht an. Stattdessen halte ich seinem Blick stand wie in einem Duell. Als er bemerkt, dass ich mich nicht erweichen und mit einem Handschlag von ihm kaufen lasse, zieht er sie zurück. „Auf Wiedersehen", verabschiedet er sich ungerührt, wendet sich ab und geht davon. Katharina setzt sich augenblicklich in Bewegung und schließt zu ihm auf. Simon bleibt vor mir stehen und sieht mich an. Nach wenigen Metern stoppt Gernot Pütz und wendet sich zu uns um. „Simon? Kommst du bitte?"

Der hält den Blick unverwandt auf mein Gesicht gerichtet. „Ich hab etwas zu erledigen, Vater!", sagt er. Gernot Pütz sieht von ihm zu mir und wieder zu Simon. „Viel Erfolg", wünscht er seinem Sohn und setzt den eingeschlagenen Weg fort. „Wir sehen uns später. Gibt einiges zu bereden."

Am liebsten würde ich fragen, was das sein soll, aber ich halte meinen Mund. Sina steht immer noch hinter Simon.

„Wir sehen uns später", raunt sie, weist knapp mit dem Kinn auf Simon und meint damit, dass ich ihr Bericht zu erstatten habe. Sie zieht sich ins Haus zurück und als die Tür ins Schloss fällt und leise klickt, starren wir einander immer noch an wie bei einem `Wer blinzelt zuerst` Wettkampf.

„Macht es Spaß?", frage ich sarkastisch.

Er sieht mich verwirrt an.

„Ich will wissen, ob du Freude daran hast, mich zu verarschen?", werde ich deutlicher.

„Ich hab dich nicht verarscht", sagt er leise und presst die Lippen aufeinander.

„Du hast dich an mich rangemacht, damit ihr uns leichter aus den Wohnungen rausbekommt", konstatiere ich.

„Das ist alles ein riesen Missverständnis", flüstert er und kommt einen Schritt auf mich zu.

198

Ich weiche vor ihm zurück, als habe er die Pest. „Hat ja perfekt funktioniert, euer Plan!“

Er bleibt vor mir stehen und sieht mich aus großen traurigen Augen an. „Ich hab das alles so nicht gewollt.“

„Was genau? Katharina heiraten, obwohl du mit mir geschlafen hast?“ Jetzt bin ich sowas von in Fahrt. „Ach ja! Das war ja nur vorgegaukelt!“ Ich wedele mit der Hand vor seiner Nase und meine Stimme trieft vor Ironie.

Simon sieht mich stumm an. Er hat es aufgegeben sich zu rechtfertigen. Aber ich bin noch nicht fertig mit ihm. „Unter den gegebenen Umständen wirst du verstehen, dass ich im Simons für dich nicht mehr arbeiten kann.“

Er presst die Lippen aufeinander und schluckt hart, so dass sein Kehlkopf nervös auf und ab hüpft.

„Das war es jetzt?“, fragt er. „Aus und vorbei? Was nie angefangen hat?“ Er wird eine Spur bleicher, als er schon ist und sieht so verletzt und traurig aus, dass es mir das Herz bricht.

Aber: „Ich kann nicht mit jemandem zusammen sein, der mich belügt und hintergeht und nebenbei verlobt ist.“

„So sehr misstraust du mir, dass du mir das tatsächlich zutraust?“, flüstert er verloren.

Ich mustere sein Gesicht, die zusammengepressten, blutleeren Lippen, die matten Augen und zusammengezogenen Brauen. Doch dann lenke ich meine Aufmerksamkeit auf Katharina, die grinsend vor dem Simons steht und auf ihn wartet und die Wut gewinnt wieder die Oberhand. „Weiter gibt es nichts dazu zu sagen", spucke ich aus, wende mich um. Ohne zurückzuschauen, verschwinde ich im Haus und spüre seinen Blick in meinem Rücken.

Kapitel 23

Ich rolle mich auf dem Bett zusammen, ziehe mir die Decke über den Kopf und heule bis zur vollkommenen Erschöpfung. Als mir die Augäpfel brennen, bin ich so müde, dass ich nur noch schlafen will, abgleiten in ein tiefes, traumloses Koma, was mir aber nicht gelingt. Immer wenn ich die Lider schließe, sehe ich Simon vor mir, an Deck seines Bootes in Holland auf der Maas. Ein liebevolles Lächeln im Gesicht, strahlende Augen, die, wenn er mich ansieht, aufleuchten wie Sterne am nächtlichen Himmel über dem Ozean. Ich spüre seine Hände auf meinem Körper auf meiner Haut und vermisse ihn so sehr, dass es physisch schmerzt. Wie soll es weitergehen? Ich fühle mich nicht in der Lage, mich aus dem Bett zu quälen und mir etwas zu Essen oder zu Trinken in der Küche zu organisieren, geschweige denn die Wohnung zu verlassen. Mein Handy auf dem Nachttisch hat ein paar Mal gebrummt. Ich habe es ignoriert und seit einiger Zeit ist auch das still. Inzwischen habe ich das Zeitgefühl verloren. Ich liege da mit trockenen, brennenden Augen, bin in jeder Hinsicht leer geweint. Das Gefühl tiefgreifender, alles umfassender Trauer hat mich zuletzt nach dem Tod meiner Mutter erfasst. Es ist wie ein schwarzer Schlund, der mich aufsaugt, mit Macht umklammert und nicht freigibt.

Ich liege auf dem Bett und konzentriere mich auf meine Atmung. Zu mehr fehlt mir die Kraft. Es klopft an der Wohnungstür. Wie durch Watte höre ich jemanden meinen Namen rufen, kann die Stimme jedoch nicht identifizieren. Als ich das nächste Mal die Augen aufschlage, ist es dunkel draußen. Ich bin eingeschlafen. Der Lichtschein einer Laterne schimmert in das Zimmer und lässt mich die Konturen des Kleiderschrankes erahnen. In Ereignissplittern blitzt die Erinnerung an den vergangenen Tag in mein Bewusstsein und meine Emotionen darauf sind wie zähflüssiger Sirup und verkleben mein Inneres zu einer grauen Masse.

Ich rappele mich aus dem Bett. Mein Mund ist trocken und die Zunge klebt am Gaumen, wie ein ausgedörrter Schwamm. Mein Gehirn fühlt sich an wie ausgetrocknetes Knetgummi und schmerzt. Ich tappe in die Küche, nehme mir ein gebrauchtes Glas von der Spüle, fülle es mit kaltem Leitungswasser, trinke es in einem Zug leer und mache es erneut voll. Mit dem kühlen Glas in der Hand stelle ich mich ans Fenster, drücke es mir an die erhitzte Stirn und sehe hinunter auf die Straße. Die Tür vom Simons schwingt auf, jemand tritt auf den Bürgersteig und schaut zu mir hoch. Es ist Simon und er sieht mir in die Augen. Mein Herz macht einen Satz und ich zucke zurück. Wasser schwappt mir ins Gesicht und auf mein Shirt und das treibt mir unvermittelt wieder die Tränen in die Augen. Sofort frage ich mich, ob er mich gesehen hat oder ob ich mir den Augenkontakt nur eingebildet habe? Mit tropfendem Gesicht pirsche ich mich erneut an das Fenster heran und bemerke, wie nach ihm Katharina das Restaurant verlässt. Ich trete näher und beobachte die beiden. Sie hakt sich bei Simon unter und er lässt es geschehen. Der Anblick schmerzt wie tausende Akupunkturnadeln, die mir ins Herz gerammt werden. Tränen laufen mir über die Wangen und schluchzend schleiche ich zurück in mein Bett und hoffe, in komatösen Schlaf zu sinken, doch es dauert eine Weile bis ich schläfrig genug bin, um in die Erlösung abzutauchen.

Am nächsten Morgen bin ich tot müde und jeder Knochen in meinem Körper schmerzt. Ich krabbele aus dem Bett und schleiche in die Küche, um Kaffee zu brühen. Ich bin nicht minder traurig als gestern, aber festentschlossen die Lösung einiger Probleme anzugehen. Was bedeutet, dass ich meinen Vater um Zugang zu meiner Waisenrente und dem Kindergeld, bitten muss, deren Zahlungen bisher an ihn gingen, weil ich mich geweigert habe, jegliche Zuwendung anzunehmen. Ich hätte es als Verrat an meiner Mutter empfunden, hätte ich es angenommen. Aber diese Art von Emotion kann ich mir nicht mehr leisten, damit zum einen das Auto repariert und zum anderen die finanzielle Belastung des anstehenden Umzuges gestemmt werden können. Im Kopf gehe ich einige Formulierungen durch. Es ist nicht das Problem, dass er mir das Geld verweigern würde. Es ist seine selbstgefällige Art, mit der er stets meiner Mutter begegnete, und die in meinem Inneren ein Gemetzel anrichten wird. Drohte sie, ihn zu verlassen, hatte er Freude daran, ihr ihre emotionale Abhängigkeit vor Augen zu führen. Statt ihm die Stirn zu bieten, zog sie den Schwanz ein und ließ ihn gewähren, jedes Mal ein wenig zerstörter, als zuvor. Bis zu dem Tag an dem von ihr nichts mehr übrig war außer ihrer sterblichen Hülle. Ihr war nichts geblieben. Sie wählte die einzige Option, die für sie noch Sinn ergab. Tabletten und Wein. Nach der Schule habe ich sie gefunden. Ich habe versucht, meinen Vater zu erreichen, doch der ließ sich von seiner Sekretärin am Telefon verleugnen. Also habe ich einen Krankenwagen gerufen. Der Notarzt hat sich mitfühlend nach weiteren Angehörigen erkundigt, weil ich minderjährig war. Abermals habe ich versucht, meinen Vater zu erreichen, und erneut hatte ich seine Sekretärin am Apparat, die ihn verleugnete. Dem Notarzt, der neben mir stand und mich aufmerksam musterte, habe ich vorgelogen, dass mein Vater auf dem Weg wäre und jeden Augenblick eintreffen würde. Der Notarzt nickte knapp und erklärte mir, dass es meiner Mutter sehr schlecht gehe und sie sie mitnehmen müssten. Ich nickte dumpf, unfähig irgendetwas zu sagen oder zu denken.

In wilder Panik fuhr ich mit dem Rad in die Uniklinik und verlor mich dort in der riesigen Eingangshalle, bis eine besorgte Krankenschwester sich meiner annahm und sich nach meiner Mutter an der Information erkundigte. Letztlich teilte sie mir mit traurigem, mitfühlendem Blick mit, dass ich vorläufig nicht zu ihr könne, wo denn mein Vater sei.

Bis heute weiß ich nicht, wie ich es damals zurück nach Hause geschafft habe. Es bemerkte niemand, dass ich die Strickleiter meines Baumhauses im Garten hinaufkletterte und auf dem zerfledderten, von Motten zerfressenen, stockfleckigen Sofa so klein zusammenrollte, wie es möglich war. Ich lag einfach nur da wie erstarrt und bewegte mich nicht, blendete die Wirklichkeit aus und erlaubte ihr nicht, einzudringen, in meinen Kokon. Ich wusste nicht, wie viel Zeit vergangen war, als eins der Hausmädchen den Kopf in das Baumhaus schob, um mich zu suchen. Scheinbar hatte irgendwer mich doch vermisst. Wahrscheinlich Greta, die Angestellte meiner Eltern, die mir am nächsten stand. Ich tat ihr wohl immer leid, deswegen hatte sie ein Augenmerk auf mich und meine Bedürfnisse und versuchte, mich zu unterstützen, wo es nur ging.

Sie kletterte in das Baumhaus und sank neben mir auf die Knie. „Ruby!“, flüsterte sie untröstlich, mit tränenerstickter Stimme. „Du musst etwas essen und trinken. Du kannst nicht hier liegen bleiben.“

Ewig habe ich sie nicht wahrgenommen, bis ihre Stimme doch zu mir durchdrang und ich sie angesehen habe. Sie überredete mich mit viel Mühe und Zuspruch, mit ihr das Baumhaus zu verlassen und ihr ins Haus zu folgen. Ich weiß nicht wie lange ich damals auf diesem Sofa gelegen habe, aber eins habe ich doch instinktiv gewusst. Mein Vater hat mich nicht vermisst und nicht nach mir gesucht. Wenn Greta nicht auf mich acht gegeben hätte, wäre ich meiner Mutter nach nicht allzu langer Zeit gefolgt.

Kapitel 24

Bevor ich aufbreche in die Höhle des Löwen, stärke ich mich mit einem kargen Frühstück. Ein wenig Haferflocken mit Banane, mehr bringe ich nicht hinunter. Zum einen wegen Simon und zum anderen lastet mir das unvermeidbare Gespräch mit meinem Vater auf dem Magen. Mit Sorgfalt wähle ich die Klamotten aus, die ich tragen werde. Nicht zu gefällig in den Augen meines Vaters, aber auch nicht zu provozierend, nach Protest gegen ihn. Ich versuche, eine gesunde Mitte zu finden, wähle eine weiße Bluse und eine enge schwarze Jeans mit Löchern an den Knien. Das Oberteil wird er mögen, die Hose hassen. Ich verdecke die dunklen Ringe unter den Augen mit Concealer und lege Make-up auf, um meinem blassen, kummervollen Gesicht eine lebendigere Farbe zu verleihen. Auf keinen Fall will ich, dass er mitbekommt, wie ausweglos meine Situation ist, dass er mir gegenüber von der ersten Sekunde an überlegen ist, und dies ausnutzt, um mich zu erniedrigen. Ich entschließe mich, mit dem Rad nach Köln-Weiß zu fahren, denn von der Bushaltestelle bis zur Villa meines Vaters müsste ich zu weit laufen. Ich trage das Rad aus dem Keller und steige vor dem Haus auf den Sattel. Als ich losradeln will, stürzt Simon aus dem Restaurant, stellt sich mir in den Weg und ergreift den Lenker.

„Was willst du?", schnauze ich. „Lass mich vorbei!"

„Bitte Ruby, rede mit mir!“, fleht er.

Ich mustere ihn und entdecke in seinem Gesicht dieselben Male einer kummervoll durchwachten Nacht, wie in meinem. Eine blassgraue Gesichtsfarbe, tief in den Höhlen liegende, blauschwarz geränderte Augen.

„Bevor wir beide ein Gespräch über irgendetwas führen, schaffe in deinem Leben für klare Verhältnisse!“ Ich sehe ihm an, dass ich den Nagel auf den Kopf getroffen habe. So lange Katharina sich einbildet, mit ihm verlobt zu sein, muss ihm doch einleuchten, dass es zwischen uns nichts zu reden gibt. Unvermittelt breitet sich ein teuflischer Gedanke in meinen Hirnwindungen aus. Kann es sein, dass Simon Katharina nie gebeten hat, seine Frau zu werden, sondern, dass sie das nur behauptet, um mich aus dem Weg zu räumen? Nachdenklich mustere ich ihn. Falls dem so ist, hat sie das prima hingekriegt. Aber darum kann ich mir jetzt keine Gedanken machen, denn ich muss andere essentiellere Probleme lösen. Traurig lässt er den Kopf hängen und presst die Lippen aufeinander, bis sie sich blass verfärben. Langsam nickt er, gibt den Lenker frei und tritt beiseite. Ich schwinge mich in den Sattel und trete in die Pedale. Nach wenigen Metern blicke ich über die Schulter. Wie ein verlorenes Kind steht er da und starrt auf seine Schuhspitzen. Der Anblick zerreißt mir das Herz und mir wird klar, dass wir trotz allem reden und die Ereignisse, die zwischen uns stehen, ausräumen werden.

Mit diesen Geschehnissen im Gepäck kann keiner von uns weitermachen.

Ich drehe mich um, konzentriere mich auf den Radweg und auf die Aufgabe, die vor mir liegt.

Vater!

Mein Magen verkrampft sich erneut. Ich hasse es, vor ihm zu Kreuze kriechen zu müssen, aber im Augenblick sehe ich keinen anderen Ausweg. Unvermittelt vibriert das Handy in der Brusttasche meiner Jacke. Ich halte an und fummele es aus der engen Jackentasche. „Hallo?", melde ich mich, denn die Nummer, die mir im Display angezeigt wird, kenne ich nicht. Normalerweise ignoriere ich mir unbekannte Telefonnummern, aber im Augenblick ist alles anders.

„Doktor van Heel, Uniklinik Köln."

„Ooh, hallo!", grüße ich zögerlich. „Ist etwas mit *Großmutter?*"

„Deswegen rufe ich an. Sie ist so weit stabil, dass sie heute auf eine normale Station verlegt wird. Es gibt allerdings ein paar Details, über die möchte ich gerne mit Ihnen reden!"

Ich stocke. Der Arzt, mit dem ich mich auf der Intensivstation unterhalten habe, hat gewusst, dass ich nicht wirklich Frau Grünenthals Enkelin bin. Wer also hat die Schwindelei für bare Münze genommen und mich als nahe Verwandte und Ansprechpartner in ihre Patientenakte aufgenommen? Eine in meinen Augen harmlose Lüge zieht nun Konsequenzen nach sich, die ich nicht bedacht, so nicht habe kommen sehen. Ich beschließe, erst einmal mitzuspielen. Falls es nötig wird, kann ich meine Lüge immer noch aufdecken und erklären, warum ich geflunkert habe. Mir fällt wieder ein, dass ich Frau Grünenthals Wohnung nach den Kontaktdaten ihrer Kinder absuchen wollte. Das muss ich dringend nachholen. „Mmh ... Heute Nachmittag?“, stammele ich und setze gedanklich das Gespräch mit dem Kardiologen ganz unten auf meine To-do-Liste.

„Sagen Sie dem Pflegepersonal Bescheid, wenn Sie eingetroffen sind. Ich nehme mir ein paar Minuten Zeit“, antwortet er freundlich.

Ich verabschiede mich, nachdem er mir erklärt hat, auf welcher Station ich *Großmutter* finde. Nachdenklich starre ich auf das Telefon in der Hand und habe die Stimme meines Vaters im Ohr, der mir stets vorwarf, dass ich Angelegenheiten nicht zu Ende und mit allen Konsequenzen bedenke. Shit! Das große Ganze kommt mir in den Sinn. Ich sehe Frau Grünenthal ausgemergelt und blass mit einem winzigen Koffer, der ihre wenigen Habseligkeiten beinhaltet, vor dem Haus stehen, in dem sie zukünftig nicht mehr wohnen wird, weil man es für reiche Yuppies saniert und die Miete nach oben anpasst. Wut überkommt mich. Wie kann Simon uns das antun? Zornig schüttele ich den Kopf.

Ich ermahne mich in kleinen Schritten zu denken und die Probleme nacheinander anzugehen und zu lösen. Das erfordert etwas, das nicht zu meinen Stärken gehört: Geduld. Ich muss geduldig bleiben, während

ich die Lösung der Probleme in die Wege leite. Schritt
für Schritt.

Ich stecke mein Handy weg und trete wieder in die
Pedale. Glücklicherweise liegt die barbarischste
Etappe als Erste vor mir. Sollte ich die erfolgreich
überwinden, wird der Rest vermutlich ein Kinderspiel.

Kapitel 25

Mit dem Rad in der Hand stehe ich vor dem hohen zweiflügeligen Metalltor und starre auf das kleine runde Scanfeld mit dem rot leuchtenden Ring darum. Ob es noch funktioniert? Ich bin mir nicht sicher, inwieweit Vater mich aus seinem Leben verbannt hat, ob mein Fingerabdruck gespeichert, somit die Zugangsberechtigung zum Grundstück womöglich vorhanden ist. Mit gemischten Gefühlen presse ich die Kuppe meines Zeigefingers auf das Feld. Es blinkt rot und gibt einen Warnton von sich. „Das hat ja schonmal prima funktioniert", brumme ich, starre das rot leuchtende Scanfeld an und beschließe, einen zweiten Versuch zu wagen. Ich presse meinen Finger mit so viel Druck auf das Feld, bis er sich weiß verfärbt und flach anliegt. Dieses Mal vernehme ich einen angenehm hohen Ton und das grüne Aufleuchten unter meiner Fingerkuppe verrät mir, dass ich die erste Hürde passiert habe. Ich ziehe den Finger zurück und warte darauf, dass etwas geschieht, und, innerhalb von Sekunden setzt sich das monströse Tor knarrend in Bewegung und schwingt in Zeitlupentempo nach innen auf.

Ich schiebe das Fahrrad die ausladende Zufahrt hinauf, am Haupteingang vorbei und wende mich dem Kücheneingang zu. Dort lehne ich es an die stuckverzierte Hausfront – Vater würde einen Tobsuchtsanfall bekommen, was meine Bittstellerpläne gnadenlos boykottieren würde – aber wann kommt der schon einmal am Dienstboteneingang vorbei. Praktisch nie!

Ich klopfe mit drei Fingerknöcheln sachte an die in die Tür eingelassenen Fenster und linse hinein. Alles ist dunkel und verlassen. Hätte ich mich vorher anmelden sollen? Mich zuvor erkundigen, ob mein Vater nicht auf einer wichtigen Geschäftsreise in China unterwegs ist, zusammen mit einer seiner kleinen Gespielinnen? Ich drücke die Klinke herunter und schiebe die Tür auf, die im Frühjahr und Sommer tagsüber für gewöhnlich nicht abgeschlossen ist. Nach so langer Zeit wieder in diesem Haus zu sein, ist ein merkwürdiges Gefühl und ich komme mir vor wie ein Einbrecher. Der Geruch nach Ingwer, Zitrone und Schokolade klettert mir in die Nase und beschwört Erinnerungen in mir herauf. Ich sehe mich in der Küche um und unterdrücke das Bedürfnis, den Kühlschrank zu öffnen und seinen Inhalt zu inspizieren. Das hier ist nicht mehr mein zu Hause.

Unvermittelt spüre ich eher, als dass ich es sehe, eine Bewegung im Rücken. Ich fahre herum und starre in Gretas gütiges Gesicht.

„Ruby!“, ruft sie aus und Tränen schimmern in ihren gutmütigen Augen.

„Greta!“, flüstere ich und all die Kindheitserinnerungen schwemmen an die Oberfläche und fluten mein Bewusstsein. Lang zurückgedrängte Emotionen schwappen über mir zusammen und ehe ich mich versehe, liegen wir uns in den Armen. Tränen laufen mir die Wangen hinab und nässen Gretas weiße gestärkte Bluse. Sie schiebt mich von sich und sieht mich eindringlich an.

„Wie geht es dir meine Kleine?", fragt sie. „Dünn bist du geworden", stellt sie unumwunden fest und mustert mich prüfend vom Scheitel bis zu den Zehenspitzen.

„Das behauptest du jedes Mal, wenn du mich siehst." Ich muss lachen und wische mir die Tränen von den Wangen.

Von der Küchenanrichte pflückt sie von einem Stapel zwei frisch gestärkte, weiße Servietten und reicht mir eine. Mit der anderen wischt sie sich über das Gesicht.

„Du bist so .... erwachsen", flüstert sie und drückt mich erneut fest an sich.

Das erinnert mich wieder daran, warum ich hergekommen bin. „Ist er da?", flüstere ich und weise mit dem Kopf in jenen anderen Teil des Hauses, in dem er sich vermutlich verschanzt hat.

Sie nickt und sieht mich ernst an.

„Ist kein günstiger Zeitpunkt?", hake ich nach.

Stumm wiegt sie den Kopf hin und her.

Also Fifty Fifty.

Ich sehe sie an und die vergessen geglaubten, verschütteten Gefühle aus vergangener Zeit überkommen mich erneut. Greta war immer für mich da, wenn ich Hilfe gebraucht habe. Mehr als mein Vater es je gewesen ist. All die Jahre hat sie mich nicht gesehen und sie hinterfragt oder kommentiert mein plötzliches

Auftauchen mit keinem Wort. „Egal wie das Gespräch mit deinem Vater ausgeht, hinterher kommst du zu mir. Okay?“

Ich nicke. Es ist das Mindeste, dass ich mich anständig von ihr verabschiede und nicht wie beim letzten Mal mich in die Anonymität der Stadt flüchte. Ich drücke sie abermals an mich und als ich dann endlich bereit bin, mich in die Höhle des Löwen vorzuwagen, strahlt sie mich mit einer Gewissheit an, die mir Mut verleiht.

Ich wende mich ab und tappe tiefer ins Haus hinein, den langen Korridor entlang bis vor die Tür zum Büro meines Vaters und straffe die Schultern. Bevor mich der neu gebündelte Mut wieder verlässt, klopfe ich an die Tür.

„Herein!“, dringt es autoritär aus dem Büro. Die herrische Stimme meines Vaters - nie werde ich sie vergessen. Ich öffne die Tür und trete ein. Mit dem Rücken zu mir steht er da und schiebt augenblicklich das Bild vor den Safe, das zur Tarnung dient. Es ist ein düsteres Gemälde, das irgendeine Schlacht abbildet. Ein Feldherr sitzt auf seinem steigenden, auf den Hinterbeinen balancierenden Rappen und sieht herrisch auf seine verletzten und blutüberströmten Krieger hinab. Einige Soldaten liegen mit verdrehten Gliedmaßen zu Füßen des schwarzen Hengstes, dessen Mähne im Wind weht, und der Erdboden ist getränkt mit ihrem Blut. Dieses Bild passt zu ihm, es verkörpert ihn. Auch sein Weg ist mit Leichen gepflastert und dem Blut, derer durchtränkt, die Opfer gebracht und ihn in die Führungsposition gehievt haben, die er heute bekleidet.

Mein Vater dreht sich zu mir um und sieht mich einen Augenblick an. Ich kann seinen Gesichtsausdruck nicht deuten, aber vermochte ich das jemals? Was sein Gefühlsleben angeht, war er zeitlebens ein versiegeltes Buch für mich, geschweige denn, dass er je über seine Gefühle sprach. Wie beim Poker verschleierte er stets, welches Blatt er auf der Hand hielt.

„Hätte nicht gedacht, dass ich dich jemals in diesem Haus wiedersehe", offenbart er seine Verwunderung und verzieht dabei keine Miene.

„Ich auch nicht. Das kannst du mir glauben." Ich bleibe stehen, verschanze mich hinter der Stuhllehne des Besucherstuhls, zwischen uns der Schreibtisch, und beobachte die Regungen in dem runzeligen Gesicht. Doch es bleibt schlicht ausdruckslos.

„Was verschafft mir die Ehre?", fragt er und sinkt auf seinen pompösen mit Samt überzogenen Sessel. Mit einer Handbewegung bedeutet er mir, mich ebenfalls zu setzten. Ich blinzele, aber eigentlich überrascht es nicht, dass er mich weder in den Arm nimmt, noch mir zur Begrüßung die Hand reicht, obwohl er mich seit vier Jahren nicht mehr gesehen hat. Dennoch tue ich ihm den Gefallen und lasse mich in den Besucherstuhl sinken, um festzustellen, wie unbequem und hart er ist. Der untere Holm der Rückenlehne drückt mir unterhalb der Rippen schmerzhaft in die Nieren.

Seinen Besuchern gönnt mein Vater nicht einmal ein Sitzkissen, um ihnen ihre Audienz bei ihm ein wenig komfortabler auf der harten Sitzfläche des Stuhls zu gestalten.

Er lehnt sich in seinem Sessel zurück, die Unterarme ruhen entspannt auf den Armlehnen und er sieht mich gleichmütig an.

Ich bin alles andere als gelassen. Mein Herz klopft wie verrückt und tausend Formulierungen rauschen mir durch den Schädel, wie ich die Angelegenheit am besten zur Sprache bringe. Doch es will mir keine Gescheite einfallen, die nicht danach klingt, dass ich es versaut habe und nun in der Klemme sitze, aus der ich ohne seine Unterstützung nicht mehr herauskomme. „Ich brauche deine Hilfe", platze ich mit der Wahrheit heraus und mein Herz macht einen Satz.

Mein Vater sagt nichts dazu, sondern sieht mich stoisch an. Ich habe erwartet, dass er mir meine Unzulänglichkeiten und Schlampereien vorwirft, durch die ich immer wieder in irgendeinen Schlamassel gerate, und dass ich nie etwas zu Ende bringe, aber nichts dergleichen geschieht. Er schweigt und sieht mich an. Also rede ich weiter. Erzähle von Frau Grünenthal, die mit einem Herzinfarkt im Krankenhaus liegt und auf die Normalstation verlegt wurde und demnach bald entlassen werden soll. Dass ich mir Sorgen mache, wohin man sie entlassen wird, weil wir zukünftig alle keine Wohnung mehr haben werden, was mich zu Sina und ihren Problemen bringt. Am

Ende berichte ich ihm von meinem kaputten Auto, das mitten in Köln am Straßenrand parkt, dessen Reparatur ich mir nicht leisten kann und sicher bald vom Ordnungsamt bemerkt werden wird. Schließlich hole ich tief Luft, presse die Lippen aufeinander und warte.

„Wie kann ich dir helfen?", erkundigt er sich nach kurzem Schweigen und seinem Tonfall entnehme ich, dass ihn die Frage beschäftigt, was das alles mit ihm zu tun hat.

Du schuldest mir die Waisenrente, Kindesunterhalt und das Kindergeld, das du jeden Monat an meiner statt einstreichst, außerdem bin ich deine Tochter, will ich schreien, doch stattdessen bleibe ich stumm und sehe ihn nur traurig an. Es hat sich nichts verändert. Ich erhebe mich von dem Folterstuhl, der ohnehin so konzipiert ist, dass man es nicht lange auf ihm aushält.

„Ruby, setz dich!", befiehlt er.

„Ist schon gut, vergiss, dass ich hier gewesen bin", krächze ich resigniert an dem Kloß in meinem Hals vorbei. Lösch meine Existenz aus deinem Gedächtnis, will ich hinterherbrüllen, schlucke es herunter.

„Setz dich!", fordert er mit einer Autorität in der Stimme, die ich nur zu genau kenne.

Ich denke nicht daran, seiner Forderung nachzukommen, sondern greife nach der Handtasche. Im Grunde meines Herzens habe ich vorhergesehen, wie diese Audienz endet. Zittrig schiebe ich den Gurt der Tasche über meine Schulter und wende mich ein letztes Mal zu ihm um.

Mit kalten Augen sieht er mich an und schüttelt langsam den Kopf. „Solange du vor deinen Problemen davonläufst, kann ich dir nicht helfen", seufzt er.

„Ich bin hergekommen, um sie zu lösen, nicht um vor ihnen davonzulaufen", flüstere ich, wende mich um und verlasse im Laufschritt das Büro. Als ich die Tür hinter mir schließe, laufen die ersten Tränen über meine Wangen und die innere Stimme fragt mich im Flüsterton, was ich erwartet habe. *Nichts*, denke ich frustriert.

Ich flüchte in die Küche und Greta versperrt mir den Weg.

„Wir hatten eine Abmachung!", ruft sie und fasst mich an den Oberarmen, um mich an sich zu ziehen. Ich lege den Kopf auf ihre Schulter und schluchze haltlos in ihren Armen. Über mir bricht die Welt zusammen und mein Vater lässt mich in Sturm und Regen stehen. Ich fühle mich so einsam und hilflos wie nie zuvor im Leben. Greta drückt mich auf einen Stuhl am Küchentisch. Eine Box mit Zellstofftüchern schiebt sie mir vor die Nase und ich zupfe gleich eine Handvoll heraus und drücke sie mir auf die Augen. Unvermittelt steht eine große Tasse Kakao mit Sahne vor mir und ein gigantisches Stück Käsekuchen. Mein Lieblingskäsekuchen. Greta reicht mir eine Gabel und bedeutet mir, mit einer Handbewegung zu essen. „Mit leerem Magen lösen sich Probleme schlecht."

Das hat sie, als ich Kind war, immer zu mir gesagt und recht damit behalten. Sie lässt sich neben mir am

Tisch nieder und beobachtet, wie ich mir den Rotz von der Nase wische und die Kuchengabel in die Quarkcreme ramme. Ein Riesenstück Torte lade ich auf die Gabel und schiebe sie in den Mund. Der Zucker beruhigt unmittelbar meine Nerven. Das Rezept sollte Simon .... Ich unterbinde den Gedankengang, denn augenblicklich schnürt sich mir die Kehle zu. Damit der Kuchen besser rutscht, nippe ich an der Schokolade und schaue Greta an. Die schmunzelt zufrieden und wischt mir pantomimisch den Kakaobart von der Oberlippe. Offenbar traut sie sich nicht mir als erwachsener Frau den Dienst zu erweisen, den sie mir als Kind gewährt hat. Also fahre ich mir mit der flachen Hand über den Mund und wische die Schokolade an einem Kleenex aus der Box ab.

„Deine Mutter hat mir damals ein Versprechen abgenommen", lässt sie unvermittelt die Bombe platzen.

Langsam lasse ich die Gabel sinken, von dem köstlichen Kuchen ab und starre Greta an. „Was für ein Versprechen?", frage ich mit großen Augen und bin interessiert und erschüttert zu gleich. Mir war nicht bewusst, dass Greta und meine Mutter sich so nahestanden.

„Falls du jemals in der Klemme sitzt, soll ich dir das hier geben." Greta schiebt mir einen silbernen Schlüssel zu.

Mit großen Augen starre ich ihn an, strecke vorsichtig die Finger aus und taste behutsam über das kalte

Metall. „Was ist das?“, frage ich leise, obwohl ich es doch ahne.

„Ein Bankschließfachschlüssel und hier....“, sie schiebt mir ein Kuvert in DIN A5 über den Tisch zu, „...sind die nötigen Papiere, um es zu öffnen.“

Ich starre auf den Schlüssel und den Umschlag. „Aber ..... wieso?“ All die Erinnerungen von damals purzeln durcheinander und verflechten sich mit verwirrenden Gefühlen. Woher konnte meine Mutter wissen, dass ich eines Tages Hilfe brauche?

„Weißt du, Süße, deiner Mutter ging es von Zeit zu Zeit nicht gut. Vor deiner Geburt hatte sie oft üble Phasen. Dein Vater und sie haben so oft versucht, ein Kind zu bekommen und mit jedem Baby, das in ihrem Mutterleib starb, starb ein Teil von ihr und stürzte sie in eine tiefe Depression. Dann war sie mit dir schwanger und du hast es ins Leben geschafft. Sie war so glücklich. Aber dein Vater war unfähig, seine Liebe zu zeigen, weil er nach dem Verlust so vieler nicht geborener Kinder fürchtete, was mit ihr geschehen könnte, falls dir etwas zustieße. In seinen Augen stelltest du eine Gefahr für das Seelenheil deiner Mutter dar.“

„Aber er hat sie nie geliebt. Deswegen hat sie sich umgebracht. Seine Liebschaften mit all den Frauen haben sie in den Tod getrieben.“

„Er hat sie abgöttisch geliebt. Deine Mutter war psychisch krank. Nachdem du geboren wurdest, war sie so euphorisch und beschloss, ihre Medikamente abzusetzen, weil sie mit den Pillen all die Freude, die du ihr beschertest, nur gedämpft empfand. All sein Bitten und Flehen hat sie nicht umgestimmt, ihre Tabletten wieder einzunehmen. Er hat versucht, sie in eine Psychiatrie einweisen zu lassen, aber sie wollte dich nicht verlassen. Stattdessen hat er ihr das Versprechen abgenommen, dass sie ihre Medikamente wieder einnimmt. Eine Weile lang lief es gut, die depressiven Phasen hatte sie im Griff. Aber als du in die Pubertät kamst, hat sie sie abermals abgesetzt mit dem Argument, sich nicht in dich einfühlen zu können, bei den emotionalen Problemen, die du in dieser Zeit des Übergangs in das Erwachsenenleben haben würdest. Leider ging es ihr ohne die Psychopharmaka zusehends schlechter und eines Tages hast du sie dann gefunden."

Eine Bewegung an der Tür zieht meine Aufmerksamkeit auf sich und ich fahre herum. Der Rücken meines Vaters entfernt sich von der Küchentür. Wie viel von der Unterhaltung hat er mitbekommen? Soll ich hinter ihm her? Nein! Dazu bin ich selbst zu aufgewühlt und das schlechte Gewissen regt sich in mir. Jahrelang habe ich vermutet, er habe sie in den Tod getrieben. „Aber die Frauen?", stammele ich. Das ist die Erinnerung, die ich an die Vergangenheit habe. Mein Vater immer mit einer anderen Geliebten im Arm und Mama, die traurig dabei zu sieht, wie er Zeit mit ihnen verbringt.

„Deine Mutter hat auf Grund ihrer vielen Fehlgeburten angenommen, sie sei nicht Frau genug für ihn und deswegen hat sie ihm Begleiterinnen gesucht. Die meisten haben Gefallen an ihm gefunden. Reich und attraktiv, wie er war, und haben sich ihm an den Hals geworfen. Dein Vater hat sie alle abgewiesen.“

Ich starre auf das Kleenex in meinen Fingern, das ich in winzige Schnipsel zerreiße und auf einen Haufen auf den Tisch segeln lasse. All die Male, die ich ihm vorgeworfen habe, an Mamas Tod schuld zu sein. Nie hat er widersprochen. Trauer steigt in mir auf. Es tut mir so leid um ihn, um mich, um die Familie, die wir nie sein konnten und um die verlorene Zeit. Aber ich fasse einen Entschluss und schlagartig ist alles gar nicht mehr so ausweglos, wie es schien.

Den Umschlag und den Schlüssel nehme ich an mich. Ich habe etwas Dringendes zu erledigen.

Kapitel 26

Der Ausweg in Form eines Bankschließfaches
befindet sich im Keller der Hausbank meiner Eltern.
Als ich über den roten Teppich auf das Entree der
Bank zusteuere, gleite ich mit den Fingerkuppen über
das Metall des Schließfachschlüssels, um mich seiner
zu versichern. Ein Portier im Livree öffnet mir die Tür
und hält sie auf, bis ich die imposante Eingangshalle
betreten habe. Gedämpfte Stimmen dringen an meine
Ohren und Absätze klappern über den hochglän-
zenden Marmorboden. Eine Dame tänzelt auf ihren
Pumps hinter einem Tresen hervor und kommt auf
mich zu. Als Kind habe ich meinen Vater ein paar Mal
hier her begleitet, trotzdem beeindruckt mich der
Protz der Halle in dieser Privatbank eher auf negative
Art. die überwiegend in Gold und schwarz gehaltene
Innenausstattung spricht eine eindeutige Sprache. *Wir
haben Geld und vermehren Geld, in erster Linie unseres.* Dass es im Leben immer darum geht. Augenblicklich erfahre ich jedoch am eigenen Leib, dass es ohne
auch nicht funktioniert. Und eine Sache ist gewiss.
Die, die Geld besitzen, wissen, es zu potenzieren.
„Wie kann ich Ihnen weiterhelfen?", fragt mich die
schätzungsweise in den Dreißigern steckende Frau,
die etwas wackelig auf ihren hochhackigen Schuhen
im Kostüm vor mir schwankt.

„Ich würde gerne das passende Bankfach öffnen", antworte ich, recke ihr den Schlüssel entgegen und reiße den Umschlag auf, den Greta mir ausgehändigt hat. Darin steckt eine Vollmacht, die ich der Dame ebenfalls reiche.

Sie nimmt beides mit zu einem pompösen Schreibtisch, tippt etwas in einen Computer und ein Drucker rattert los. Mit dem Schließfachschlüssel, einem Ausdruck und einer Magnetkarte kehrt sie zurück. „Diese Karte gewährt Ihnen den Zugang zum Sicherheitsbereich des Bankhauses mit den Schließfächern." Sie händigt mir Karte und Schlüssel aus. „Bestätigen Sie bitte hier," – sie tippt mit einem schwarzlackierten Nagel auf eine Stelle auf dem Ausdruck – „den Erhalt der Magnetkarte."

Ich unterzeichne das Papier und sehe sie erwartungsvoll an.

„Ich zeige Ihnen den Weg", erklärt sie und untermalt ihre Unterstützung mit einer einladenden Armbewegung in die Richtung, in die sie voraus trippelt. Langsam folge ich ihr.

Tiefe Dankbarkeit erfüllt mich und die Gewissheit, auch wenn ich noch nicht so weit bin mir und meinem Vater zu verzeihen, ist es dennoch notwendig, damit meine Seele heilen kann. Nur indem ich die Vergangenheit aufarbeite, werde ich in der Lage sein eine innige Beziehung zu jemandem aufzubauen.

Mit klopfendem Herzen folge ich der Bankangestellten und mir wird bewusst, wie krass ich mich verrannt

habe in eigenen wirren Gedanken und meinem Vater
nie die Chance gab, seine Sicht der Geschehnisse dar-
zulegen, und mich überkommt vor allem eines:
Scham. Hätte ich mich nicht so verbissen und stur an
die Idee geklammert, dass er schuld ist am Tod meiner
Mutter, dann hätten wir beide eine Chance gehabt.
Wir steigen eine ausladende Treppe hinab. Ein muffi-
ger Geruch nach altem Papier vermischt mit ihrem
nach Maiglöckchen duftenden Parfum steigt mir in die
Nase. Am Fuße der Treppe versperrt eine schwere
Metalltür ohne Klinke den Zutritt. Rechts neben der
Tür an der Wand hängt in Schulterhöhe ein Magnet-
kartenleser, durch den ich die Karte ziehe, die die
Bankangestellte mir ausgehändigt hat. Eine Anzeige
springt von Rot auf Grün und die schwere Tür
schwingt einen schmalen Spalt auf. Mit den schwarzen Krallen zieht sie sie vollständig auf, schreitet mit
wiegenden Hüften voraus in eine winzige Kammer
und öffnet eine weitere Tür zu einem Vorraum. Ich
folge ihr hinein. Alle Geräusche werden durch den
dicken, schwarzen hochflorigen Teppich am Boden
gedämpft.
„Ich warte hier so lange, bis Sie ihre Angelegenheiten
geregelt haben", sagt sie zu mir und sieht auf eine Tür
gegenüber dem Vorraum.
Mit klopfendem Herzen betrete ich den Raum, in dem
sich deckenhoch rechteckige Türen aneinanderreihen
mit schwarzen Ziffern versehen. Ich schaue auf den
Schlüssel in meiner schweißnassen Hand, um heraus-

zufinden, welches Schließfach meines ist, und suche
die entsprechende Nummer. Die klaustrophobische
Enge in dem Raum setzt mir zu, die Wände drängen
gefährlich nah auf mich zu und die Schließfachzahlen
wirbeln durcheinander. Die Ungewissheit und
Unsicherheit, was mich erwartet, verwirren mich.
Mein Herz schlägt hart gegen meine Brust, die
Schließfächer verschwimmen vor meinen Augen und
der Schweiß bricht mir aus. Ich muss mich abstützen
und die Kälte der Schließfachtüren unter meinen
Fingerkuppen mindert auf wohltuende Weise die auf-
kommende Panik. Unvermittelt habe ich Gretas
Stimme im Ohr: „Egal, was geschieht, es gibt nichts,
was du nicht meistern kannst. Du wirst sehen, alles
wird gut. Du bist eine starke Frau, Ruby. Vergiss das
nicht!“
Ich atme in tiefen Zügen, bis mein Blick sich klärt,
stecke den Schlüssel in das Schließfachschloss, öffne
die winzige Tür, ziehe die Kassette heraus und stelle
sie auf den Tisch. Unfähig mich zu bewegen, starre
ich auf den rechteckigen Metallkasten hinab, auf dem
meine schweißnassen Hände schmierige Spuren
hinterlassen haben. Was auch immer sich darin ver-
birgt, ist das Einzige, das mir von meiner Mutter
geblieben ist.
Vor meinem inneren Auge erhebt sie sich und lächelt
mir zu und das gibt mir das Gefühl, als ob ein Kreis
sich schließt. Ich wische mir über die Lider, greife
nach dem Kasten und klappe den Deckel empor.

Es verschlägt mir die Sprache.

Meine Mutter war vielleicht emotional von meinem Vater abhängig, weil sie ihn mehr geliebt hat als ihr eigenes Leben. Wirtschaftlich war sie es nie. Neben etlicher Unterlagen, die mich als Inhaberin eines Kontos bei dieser Bank, sowie diverser Fonds und Anlagen ausweisen, liegt ein kleines purpurnes Samtsäckchen darin. Der Stoff fühlt sich weich an in meiner Hand. Ich knete es und der Inhalt scheint winzig und hart. Es ist wie im Film. Ich ziehe die Kordel an der Öffnung auf, schütte die Füllung in meine hohle Hand und Edelsteine kullern glitzernd und funkelnd hinein. Sprachlos wende ich die Handinnenfläche unter dem sterilen Licht in der winzigen Kammer und eine Tatsache kristallisiert sich glasklar heraus. Um Geld brauche ich mir vorerst keine Sorgen mehr zu machen, und ich beschließe, dass das ebenfalls für meine neue Familie, unsere ehemalige Hausgemeinschaft gelten wird. Als sich die Diamanten wieder in das Samtsäckchen zurückpacken will, fällt mein Blick auf einen an mich adressierten Umschlag. Ich erkenne die Handschrift unter tausenden wieder. Meine Kehle wird eng und Tränen brennen in meinen Augen. Ich nehme ihn an mich, drücke ihn mir an die Brust, während ich das Fach wieder zuklappe, es an seinen Ursprungsort schiebe und verschließe.

Kapitel 27

Mit spitzen Fingern ziehe ich das Blatt Papier aus dem Briefumschlag, der aus dem Bankschließfach stammt. Das einzige Geräusch, das an meine Ohren dringt, ist das Rascheln des Papiers, das in meinen Händen zittert, als ich versuche, die Buchstaben zu entziffern.

Mein geliebtes Kind!

Meine Kehle ist eng und ich beiße den Kiefer so fest aufeinander, bis meine Zähne schmerzen, und schaue aus dem Fenster des Baumhauses auf den Eingang zur Küche, der sich unvermittelt öffnet. Greta erscheint mit einer Tasse in der Hand. Sie schließt die Tür hinter sich, nähert sich und verschwimmt in ungeweinten Tränen, die sich Bahn brechen und ungehindert meine Wangen hinabrollen. Ich höre Greta schnaufen und die Tritte der schmalen Stiege knacken und ächzen unter ihrem Gewicht. Sie schiebt den Kopf durch die Luke und die Tasse, die sie auf dem Boden abstellt. Ihr Blick ruht auf dem Brief in meinen Händen. Ich schaue ihr in die Augen und lese darin nicht nur die Empathie, die sie mir entgegenbringt, sondern auch die Gewissheit, dass alles in Ordnung kommen und etwas an seinen Platz rutschen wird, wie ein Puzzleteil in seine Lücke.

Ihr gutmütiges Gesicht verschwindet in der Luke und mein Blick bleibt an der Tasse hängen, die sie auf den groben Bodendielen deponiert hat. Durch den Rotz

kann ich nichts riechen, aber ich weiß, dass der
Dampf von einem heißen Becher Kakao aufsteigt. Ein
Seelentröster, den sie mir stets verabreichte, wenn ich
traurig war. Ich ziehe die Tasse zu mir heran und
nippe daran. Diesmal wird er meine Wunden nicht
unter einem Zuckerberg verschütten. Ich werde diese
Zeilen lesen und den Schmerz zulassen, damit ich
heile. Alles andere macht keinen Sinn. Ich nippe an
der Tasse, lächele dankbar in den Dampf, wegen der
Geste, die dahinter steckt und stelle sie ab. Schließlich
hole ich tief Luft und sammle allen Mut zusammen,
um den Brief zu lesen.
Ihren Abschiedsbrief!
*Der Tag deiner Geburt war der Glücklichste meines
Lebens und der deines Vaters natürlich auch. Endlich
hat es eine unserer armen Seelen ins Leben geschafft.
Ich hielt dich in meinen Armen und sah in dein rotwangiges Gesicht. Die Wärme deines winzigen Körpers drang durch den Strampler, doch ich spürte sie
nicht, so als trennte eine Schicht Watte uns voneinan-
der. Ich suchte die Liebe für dich in mir, doch ich fand
sie nicht, fühlte sie nicht. Alle rieten mir, geduldig zu
bleiben, bis ich dahinterkam, dass Geduld nicht die
Lösung war, dass die Psychopharmaka Schuld an
meinem emotionalen Desaster trugen. Immer habe ich
mich gefragt, wie es wohl ist, die Liebe für dich ohne
die Wirkung Emotionen erstickender Tabletten zu
empfinden. Oft hatte ich dich zum Stillen im Arm. Du
hast mit deinen winzigen Ärmchen gerudert und*

geschmatzt. Milch sammelte sich in deinen Mundwinkeln und dieses überfließende Gefühl von Stolz und
Liebe brach sich an einer Wand aus Eis in meinem
Inneren. Wie erstarrt betrachtete ich dein kleines, rotwangiges Gesicht, die winzige Stupsnase und du
kamst mir so fremd vor. Ich wusste, dass ich anders
fühlen sollte, konnte es jedoch nicht. An einem Punkt
voller Verzweiflung habe ich einen Schritt gewagt, der
alles verändert hat.
Die Beziehung zu deinem Vater war schwierig für
mich. Er hat mich geliebt. Das weiß ich. Tief in mir
hatte ich jedoch das Gefühl, nicht genug zu sein. Ich
habe versucht, dieses Problem zu lösen und mitangesehen, mit welch intensiver Verachtung du ihn bestraft
hast, und dafür trage ich die Verantwortung. Aber
glaube mir, deinen Vater trifft keine Schuld. Er hat all
die Jahre mit mir gelitten.
Vergib ihm!
Es tut mir leid, dass ich dich durch die schwierige
Phase der Pubertät nicht begleiten konnte. Eine
Mutter sollte immer für ihre Kinder da sein und es
schmerzt mich, dass ich es nicht war.
Verzeih mir!
Ich liebe dich über alles.
 Dich und deinen Vater treffen keine Schuld. Vergiss
das nie!
Deine Mama

Eine Woge der Trauer schlägt über mir zusammen, ich
schlage die Hände vor das Gesicht und schluchze haltlos. Ich kippe auf dem Boden zur Seite, rolle mich wie
ein Igel ein und weine, bis ich keine Tränen mehr
habe.

„Es ist zu kalt da oben. Willst du nicht herein-
kommen?" Die Stimme meines Vaters dringt zu mir
nach oben in das Baumhaus und die tiefe Trauer, die
mich heimsucht, mischt sich mit Scham. Stets habe
ich ihn abgelehnt, gab ihm nie die Chance, einen Platz
in meinem Leben einzunehmen. Wie viel leichter wäre
es gewesen, gemeinsam den Verlust meiner Mutter zu
betrauern. Wir hätten uns gegenseitig eine Stütze sein
können, doch ich war diejenige, die es nicht zuließ.
Und augenblicklich fasse ich einen Entschluss. Ich
werde ihn nie wieder aus meinem Leben ausschließen,
egal wie schwierig es werden wird.

„Ruby?", flüstert er.

„Papa", wispere ich. „Ich brauch noch einen
Moment", sage ich leise.

„Nimm dir Zeit. Ich warte auf dich."

Seine Worte sickern in mein Bewusstsein, ich erfasse
ihre Bedeutung und das erste Mal seit dem Tod meiner
Mutter fühle ich mich nicht allein.

Kapitel 28

Mein Vater sitzt in einem Sessel im Wohnzimmer und schaut abwesend aus dem Fenster. Seine Gesichtszüge sind angespannt, durch die tiefe Spalte über der Nasenwurzel und die in Falten gezogene Stirn wirkt sein Gesicht maskenhaft.

Ich räuspere mich leise, nähere mich zaghaft und sinke auf den Sessel ihm gegenüber. „Ich habe Mamas Brief gelesen", flüstere ich. Der Kloß in meinem Hals hat sich festgesetzt, fühlt sich beim Schlucken eckig an und verharrt hartnäckig an seinem Platz direkt über dem Kehlkopf. Langsam wendet er den Kopf und sieht mich an. Ich senke den Blick in meinen Schoß, knülle die Zipfel meiner Bluse in den schwitzenden Fäusten zusammen. Wie oft habe ich mir ein solches Gespräch mit ihm herbeigesehnt und welchen Verlauf habe ich mir vorgestellt? In meiner Fantasie war ich stets die Aufgebrachte und er der Schambehaftete. Doch jetzt ist es anders. Der Brief verändert alles. „Es tut mir so leid", wispere ich und mein Herz krampft sich zusammen.

„Nein! Mir tut es leid. Dich trifft keine Schuld." Seine Stimme bricht, ich sehe zu ihm auf und reibe die Handinnenflächen über den Jeansstoff an meinen Oberschenkeln trocken.

„Ich hätte für dich da sein müssen. Du warst noch ein Kind!" Er hält inne und presst die Lippen aufeinander. Seine Augen schwimmen in Tränen. Unvermittelt straffen sich seine Gesichtszüge. Es ist, als habe er einen Entschluss gefasst. „Aber ich konnte nicht bei dir sein. Alles an dir erinnerte mich an sie."

Der Kloß in meiner Kehle dehnt sich schmerzhaft aus und erneut treten mir Tränen in die Augen und kullern unkontrolliert über meine Wangen.

„Ich habe sie so geliebt", flüstert er und sieht mich an. Die Tränen sind verschwunden, stattdessen ist ein Ernst in seinen Blick getreten, als ginge es um sein Leben und vielleicht tut es das ja auch aus seiner Sicht. „Ich hätte besser auf sie aufpassen müssen. Wir haben uns gestritten an jenem Tag. Ich fand heraus, dass sie ihre Tabletten heimlich abgesetzt hat. Ihr Arzt hat mir nahegelegt sie einweisen zu lassen, weil die Suizidgefahr zu hoch sei. Ich habe ihr das mitgeteilt, doch sie hat mich angefleht, wenn nicht um ihretwillen so doch um deinetwillen, diesen Schritt nicht zu wagen. Sie sei deine Mutter und müsse für dich da sein. Sie hat dich so sehr geliebt, ich konnte ihr das nicht nehmen. Ich flehte sie an, ihre Medikamente wenigstens einzunehmen, aber sie schlug mich mit dem gleichen Argument. Du solltest die Liebe spüren, die du verdientest. Das sei das Einzige, das sie dir geben könne."

Ein Elefant sitzt auf meiner Brust und erschwert mir das Atmen. Die Erkenntnis trifft mich wie ein Schlag. Ich sehe all die Liebe und Zuneigung im Gesicht meines Vaters, wenn er von meiner Mutter spricht. Seine Gesichtszüge werden weich und er schaut auf seine ineinanderverschränkten Finger. Wie sehr muss er sie geliebt haben.

„Ich gab mir die Schuld an ihrem Tod und du tatest es ebenfalls. Ich fühlte mich schuldig und schämte mich. Ich plagte mich lieber mit all den negativen Emotionen, suhlte mich im Selbstmitleid, um die Trauer zu ersticken, statt dir beizustehen. Denn du hast sie ebenfalls verloren und zu allem Überfluss leblos gefunden und hast dafür gesorgt, dass sie ins Krankenhaus kam. Es tut mir so leid. All das kann ich nicht rückgängig und erst recht nie wieder gut machen." Er sieht mir in die Augen, wischt verstohlen über seine Wange und ich erkenne, wie schwer ihm das alles fällt.

Ich erhebe mich aus meinem Sessel.

Er schaut zu mir auf und Enttäuschung blitzt in seinen Augen auf. Ich gehe auf ihn zu, bleibe vor ihm stehen und fixiere ihn. Niedergeschlagen senkt er den Blick, starrt stumpf wieder aus dem Fenster und mein Herz krampft sich zusammen, bei seinem Anblick. Natürlich war ich ein Kind, als meine Mutter starb, aber zum ersten Mal wird mir bewusst, dass ich nicht die Einzige bin, die unter ihrem Tod gelitten hat.

„Es ist zu spät", flüstert er resigniert.

Ich lasse mich vor ihm auf die Knie sinken und umfasse seine Hände. Sie fühlen sich kalt und trocken an. „Das ist es nie", flüstere ich.

Er wendet den Kopf und sieht mir in die Augen und ich erkenne darin Überraschung und Liebe. Zum ersten Mal seit Mamas Tod entspannen sich seine Gesichtszüge und er lächelt mich an.

Kapitel 29

Die Kartons sind gepackt und werden heute abgeholt. Frau Grünenthal geht es den Umständen entsprechend und hält zusammen mit Greta in unserem neuen Heim die Zügel fest in der Hand.

Sina und Alea warten unten auf den Möbelwagen, so wie ich hier oben.

Wenn ich an die vergangenen drei Wochen zurückdenke, wird es mir warm ums Herz. Meine Mutter hat wohl kommen sehen, dass mein Vater und ich zu stur sind, um aufeinander zuzugehen, ohne dass Greta eingreift und mir die Wahrheit erzählt. Das Geld, das sie mir hinterlassen hat, hat sie mit in die Ehe gebracht. Es war die Idee meines Vaters, es in einem Schließfach zu lagern, bis ich es eines Tages brauche. Er hat es nie angetastet, sondern im Gegenteil dafür gesorgt, dass es sich vermehrt. Er war es auch, der Greta darum bat, es mir auszuhändigen. Meine Mutter hat ihm das Versprechen abgenommen, alles dafür zu tun, dass es mir gut geht, und daran hat er sich gehalten, soweit es ihm möglich war. Der Verlust meiner Mutter hat ihn schwer getroffen. Ich habe bemerkt, wie einsam er ist und da ist mir die Idee gekommen, dass wir alle zusammen in eine Wohngemeinschaft in das Haus meiner Eltern ziehen. Drei Generationen unter einem Dach. So kann Frau Grünenthal sich weiterhin um Alea kümmern und findet in Greta eine Freundin,

Greta kümmert sich um uns alle und mein Vater ist nicht allein. Außerdem haben wir ein Dach über dem Kopf. Das Haus ist mehr als groß genug.
Bleibt noch eine Sache: Simon!

Kapitel 30

„Gerhard, mein Lieber!"

„Gernot!" Mit ausgestreckten Armen marschiert mein Vater auf Gernot Pütz zu und reicht ihm beide Hände.

„Was kann ich für dich tun? Meine Sekretärin berichtete, es sei dringend." Gernot Pütz ergreift die ihm dargebotene Hand und drückt sie.

Mein Vater vergräbt den Handrücken unter seiner Linken. „Es geht um deinen Sohn", erklärt er und gibt die Hand wieder frei.

Das ist der Moment, in dem ich hinter seinem Rücken hervortrete.

Gernot Pütz rechte Augenbraue zuckt in die Höhe.

„Meine Tochter Ruby kennst du, wie ich höre?"

Ich nicke Pütz zu.

„Nicht ich brauchte dringend diesen Termin, sondern sie. Es geht um ein ganz bestimmtes Projekt, das du erworben hast und in das du investieren willst."

Gernot Pütz nickt und schaut von mir zu meinem Vater.

„Tacitusstraße 43", gebe ich das Stichwort.

Mein Vater zieht sich lächelnd zurück.

„Jaa! Ich erinnere mich. Das Prestigeprojekt meines Sohnes."

Mein Magen krampft sich zusammen. Also doch! Ich vermutete es nicht, mutmaßte jedoch, nachdem ich meinen Vater so vollkommen falsch eingeschätzt und vorverurteilt und mich seiner Präsenz beraubt habe, könnte ich denselben Fehler bei Simon begehen. Aber so langsam muss ich doch einsehen, dass ich mich in ihm getäuscht habe.

„Was haben Sie damit vor?", frage ich Gernot Pütz, denn ich brauche Gewissheit.

„Nachdem den Mietern," er nickt wohlwollend in meine Richtung, „vertragsgerecht gekündigt wurde und sie ausgezogen sind, auch die alte Dame, die gesundheitlich nicht gut auf dem Damm war, wie ich hörte, wird es grundsaniert und neu vermietet. Falls Sie Interesse haben? Die Tochter eines so lieben Freundes bekommt immer eine Wohnung unserer Gesellschaft." Er nickt meinem Vater zu.

Ich sehe ihn scharf an und er zuckt entschuldigend eine Schulter.

Mein Vater hat mir erzählt, dass er Gernot Pütz kennt und das ein oder andere lukrative Geschäft mit ihm abgewickelt hat. Außerdem hat er berichtet, dass die Methoden von Simons Vater nicht immer so astrein sind. Katharina passt in diese Familie.

„Das wird nicht nötig sein", lehne ich das Angebot in selbstgefälligem Tonfall ab und hebe das Kinn. „Wie sind Sie ausgerechnet auf diese Immobilie gestoßen?"

„Meine zukünftige Schwiegertochter hat mich darauf hingewiesen, als sie einmal mit meiner Frau dort zu einem von Simons legendären Testessen eingeladen war", erwidert er.

„Die Nähe zum Restaurant hat sie auf die Idee gebracht, dass er den Gastraum erweitern kann? Und die Wohnungen darüber sollen saniert und teuer wiedervermietet werden?" Ich hebe eine Augenbraue.

„Ebenfalls Katharinas Einfall. Ich habe es lediglich befürwortet, nachdem der Junge in der Vergangenheit so viel hat einstecken müssen."

„Der Skandal um den eingebüßten Stern?", werfe ich ein.

Gernot Pütz seufzt und nickt. „Ja! Das hat den armen Kerl schwer mitgenommen. Lilo hat sich seiner angenommen, um ihm wieder auf die Beine zu helfen."

„Lilo?", frage ich, meine Stimme klettert eine Oktave höher bei der Erwähnung dieses Namens und Eifersucht regt sich in mir. Reicht es nicht, dass er mit Katharina verlobt ist? Wer ist denn nun wieder Lilo? Eine Verflossene?

„Seine Schwester. Sie haben sie kennengelernt. Sie hat in den höchsten Tönen von Ihnen geschwärmt." Er grinst.

Verwundert ziehe ich eine Augenbraue die Stirn hinauf. „Mir ist nicht bewusst diese Lilo bei einem Testessen bewirtet zu haben!", entgegne ich und runzele die Stirn.

Simons Vater kommentiert das nicht näher, sondern sieht mich schweigend an und taxiert mich wie ein Pferd, das er erwägt auf einer Auktion zu ersteigern.

„Ich habe genug gehört!“, erwidere ich unwirsch und
wende mich zum Gehen.

Was ich mir in meiner schwärzesten Phantasie aus-
gemalt habe, bewahrheitet sich. Simon und Katharina
sind ein Paar. Sie sind verlobt und in allzu naher
Zukunft wird Simon Katharina den Ring an den
Finger stecken. Und ich naive Schnecke habe
geglaubt, dass er tatsächlich etwas für mich empfindet, habe mir Gedanken gemacht, wie ich mich ihm
öffnen kann, habe ihm meine Gefühle offenbart.
Meine Wangen glühen und ein Kloß setzt sich in
meiner Kehle fest. Wie kann er von mir Aufrichtigkeit
und Offenheit verlangen und mir eine faustdicke Lüge
auftischen? Wie in Trance bekomme ich mit, wie mein
Vater sich von Gernot Pütz verabschiedet.

„Hat mich gefreut, dich mal wieder zu treffen. Hab
lange nichts von dir gehört!“

Ja! Weil meine Mutter ihm so viel bedeutet hat, dass
ihm ihr Verlust den Boden unter den Füßen weggeris-
sen hat, und er sich neu sortieren musste. Aber solche
Gefühlsduseleien kennt die Familie Pütz sicher nicht,
da zwingt man Frauen zu einer Abtreibung, wenn das
Kind ungelegen kommt. Die Trauer wird von einer
züngelnden Flamme Wut verbrannt und rieselt als
feinste Asche auf den Boden zu meinen Füßen, die ich
Gernot Pütz am liebsten in die Augen pfeffern würde.

Nachdem mein Vater seinen eigenen belanglosen
Abschiedsgruß daher gesagt hat, wendet er sich zu mir
um, packt mich am Ellenbogen und führt mich aus

dem Büro von Simons Vater. „Mach nicht denselben Fehler, wie bei mir. Verurteile ihn nicht vor. Rede mit ihm. Wenn ihm etwas an dir liegt, wird er dir die Antworten geben, die du brauchst." Vor dem Bürogebäude zieht mein Vater mich zum Abschied in eine feste Umarmung und drückt mir einen Kuss auf den Haarschopf.

Kapitel 31

Ich stehe vor dem Restaurant im Regen und warte. Mein Plan sieht vor, Erik abzupassen und ihn zu befragen, bevor ich mit Simon rede.

Inzwischen bin ich bis auf die Haut nass und friere erbärmlich. Im Mai hat der Frühling an Fahrt aufgenommen, die Schauer, die er hin und wieder mit sich bringt, sind zwar notwendig für Wälder, Wiesen und Natur, aber sie sind eben auch kalt. Ich warte seit dreißig Minuten und registriere, wie das Licht im Gastraum eingeschaltet wird und die ersten Gäste das Restaurant betreten. Simon ist sicher schon seit Stunden dort, steht hinter dem Herd und bereitet eines seiner köstlichen Schokoküchlein mit flüssigem Kern zu. Bevor meine Phantasie mich noch mehr dazu verleitet, mir Speisen wie eine Fata Morgana in der Wüste vor zu mogeln, die mir das Wasser im Mund zusammenlaufen lassen, ändere ich meinen Plan, marschiere über die Straße und betrete das Restaurant.

Lilly kommt mir entgegen und nimmt mich in die Arme. „Hey Süße!" Sie schiebt mich auf Armeslänge von sich und sieht mir in die Augen, „Wie geht es dir?"

„Gut!", lüge ich hastig, um sie abzuwimmeln, schließlich habe ich es eilig. „Ich muss mit Simon reden. Ist er da?"

Lilly mustert mich eingehend und tiefe Falten furchen ihre Stirn. „Er ist nicht hier“, antwortet sie und Bedauern schwingt in ihrer Stimme mit. „Wir wissen nicht, wo er ist. Er hat sich ein paar Tage frei genommen, um sich zu *besinnen*, wie er sagt. Was ist denn nur passiert?“ Mit großen, runden Augen starrt sie mich prüfend an.

„Das erzähle ich dir alles ein anderes Mal. Ist Erik da? Ein paar meiner Fragen kann er mir sicher auch beantworten.“

„Drüben im Personalraum.“ Besorgt sieht sie mich an, während sie mit dem Finger auf die geschlossene Tür des Raumes zeigt. Ich setzte mich in Bewegung.

Lilly sieht mir nach. „Melde dich bei mir, wenn du alles überstanden hast.“

„Mach ich, bis bald!“, murmele ich.

Ich stapfe auf die Tür zu, öffne sie und betrete den Personalraum. Alex und Erik sitzen gemeinsam am Tisch und glotzen mich entgeistert an.

„Hast du nicht gekündigt?“, erkundigt Erik sich.

„Ich bin nicht zum Arbeiten hier“, entgegne ich ernst und liefere mir mit ihm ein Blickduell.

„Ich lass euch mal allein“, seufzt Alex, während er von mir zu Erik schaut.

„Du bleibst!“, befehle ich scharf.

Erschrocken sieht er mich an. „Oh .... Ok!“, stottert er verwundert.

„Warum hast du behauptet, Simon habe Katharina gezwungen, ihr Baby abzutreiben?", frage ich und fahre zu Erik herum.

„Weil es der Wahrheit entspricht!", schießt er wie aus der Pistole geschossen zurück.

„Woher weißt du das?", feuere ich die nächste Frage auf ihn ab.

„Weil sie es mir erzählt hat", erklärt er um einiges bedachter und sicherer. Er lächelt sogar.

„So nahe steht ihr euch, dass sie solche Angelegenheiten mit dir bespricht?", frage ich und der tiefe Zweifel tropft von jeder einzelnen Silbe meiner Worte.

„Sie war deprimiert, hatte was getrunken", berichtet er voller Überzeugung.

„Und du hast ihr geglaubt?", hake ich argwöhnisch nach.

„Ich habe ein paar Tage vorher ein Gespräch zwischen den beiden mitangehört", gesteht er widerstrebend.

„Du hast gelauscht?", hakt Alex nach. Bisher hat er unbeteiligt an den Käsestücken auf dem Teller herumgenagt, jetzt scheint er fasziniert davon, was hinter seinem Rücken vor sich geht.

„Nein!" Eriks Blick huscht von mir zu Alex. „Nein! So war das nicht!" Er fixiert einen Punkt irgendwo hinter Alex an der Wand. „Ich dachte, ich wäre alleine hier. Es war nach halb zwei in der Nacht. Ich hatte alles aufgeräumt, die Bar geputzt und für den nächsten Tag aufgefüllt und wollte noch eine Zigarette im

Hinterhof rauchen, bevor ich Feierabend machte. Da habe ich sie gehört. Sie stritten. Das taten sie ständig. In dem einen Moment waren sie ein Paar und im nächsten hatten sie sich getrennt. Man kam ja kaum hinterher. Ich dachte, mal wieder einer von diesen Auseinandersetzungen, die sie ständig hatten. Aber dann weinte Katharina und sagte: *Ich habe es wegmachen lassen. So wie du es wolltest.*"

„Traust du Simon das wirklich zu?", mischt sich Alex in das Gespräch ein und verdreht die Augen gen Himmel.

„Hat sie gesehen, dass du an dem Abend im Restaurant warst?", frage ich.

Er nickt. „Ich habe mich in den Gastraum zurückgezogen und meine Jacke im Personalraum geholt." Mit der Zunge zwischen den Zähnen gibt er einen Zischlaut von sich. „Bei der Unterhaltung wollte ich nicht weiter Zeuge sein", beteuert er und unterstreicht die Aussage mit heftigem Kopfschütteln. „Als ich dann wieder in den Gastraum zurück bin, um zu gehen, sah sie mich."

„Hat sie mit dir gesprochen?" Ich muss es genau wissen.

„*Du bist auch noch hier?*, hat sie gefragt oder so etwas in der Art."

„Was hast du erwidert?", hake ich nach.

„Hat sie ihre Auseinandersetzung mit Simon dir gegenüber erwähnt?", fragt Alex aufgeregt. Ihm scheint dieses Detektivspiel zu gefallen.

„Ich hab sie gefragt, ob sie geweint hat. Da hat sie genickt!"

„Aber nicht verraten, warum?", bohrt Alex.

„Nein! Ein paar Tage später hat sie mich darauf angesprochen. Hat mich gefragt, ob Simon schon mit mir gesprochen hat. Deswegen hab ich sie gefragt und die ganze Geschichte ist aus ihr herausgesprudelt. Er habe sie geschwängert und anschließend gezwungen das Kind wegmachen zu lassen, weil er etwas Besseres mit seinem Leben anzufangen wisse, als ihren Balg aufzuziehen."

„Mann Erik! Die hat dir einen Bären aufgebunden und dich manipuliert. Erst weichgekocht, damit du auf ihre Geschichte anspringst, auf kleiner Flamme geschmort und zum Schluss flambiert."

„Sie war nicht schwanger?", fragt Erik ungläubig.

„Vielleicht schwanger, aber niemals von Simon! Eins ihrer Fangnetze, in denen er sich verheddern sollte." Alex senkt die Lider und schüttelt sacht den Kopf.

„Weißt du, wo er ist?", frage ich ihn direkt.

Er sieht mir ernst in die Augen. „Das weißt du besser als jeder andere!"

Eine Erinnerung stiehlt sich mir ins Bewusstsein. Die Sonne wärmt meine Haut. Ich sitze an Deck eines Bootes auf der Maas in den Niederlanden.

Plötzlich habe ich es eilig nach Hause zu kommen, ein paar Sachen zu packen. Es gibt da noch den ein oder anderen Klärungsbedarf zwischen Simon und mir, aber das kann ich nur mit ihm direkt besprechen.

Kapitel 32

Ich stelle das in Roermond gemietete E-Bike ab, setze mich auf die Bank und lasse den Blick über die Schiffe, die im Hafen von Roermond liegen schweifen. Simons Boot entdecke ich in der Menge der schaukelnden Bootsrümpfe. An Bord ist es ruhig. Mein Plan sieht vor, dass ich warte, bis er auftaucht und dann ... verläuft er sich im Plänenirvana. Der Plan ist, dass ich keinen habe.

Mein Magen rebelliert. Nachdem ich mich mit meinem Vater ausgesprochen habe, ist mir einiges klar geworden und die wichtigste Erkenntnis ist, dass das Leben sich nicht kontrollieren lässt. Je mehr man es versucht oder gar erzwingt, desto mehr entzieht es sich der Kontrolle. Aus Angst zu Scheitern seine Gefühle zu verschließen, um nicht verletzt zu werden, ist definitiv keine Lösung. Die Liebe ist ein Wagnis und wenn man sich darauf einlässt ein erfüllendes Abenteuer. Das ist es, was meine Mutter fühlen wollte. Und schon jetzt würde ich es zutiefst bedauern, hätte ich die wenigen Stunden mit Simon nicht verbracht, auch wenn dies nur seiner Hartnäckigkeit zu verdanken ist.

Ich schaue auf die Maas hinaus und beobachte ein Paar an Deck eines Katamarans. Den rechten Arm um ihre Hüfte geschlungen steuert er mit der linken Hand das Boot und konzentriert sich auf den regen Bootsverkehr auf dem Fluss. Sie hat einen Arm um seine Schulter gelegt und flüstert ihm etwas ins Ohr. Er lacht und drückt ihr einen Kuss auf den Mund und die Nähe zwischen den beiden knistert bis hierher.

Die Maisonne brennt vom Himmel und ich genieße es, mich von ihr wärmen zu lassen, aber am glücklichsten macht mich das Gefühl zu wissen, wohin mein Weg mich führt.

Ich werfe einen erneuten Blick auf Simons Boot. Ein dunkler Schopf dichten Haares lugt aus der Kajüte vor, braungebrannte Schultern folgen und eine muskulöse Brust. Mein Herz macht einen Satz, als er kurz in meine Richtung sieht und erstarrt. Abrupt wendet er sich ab und macht sich an seinem Boot zu schaffen.

„Was hat der vor?", murmele ich.

Der haut ab, Schätzchen, meldet sich meine innere Stimme zu Wort. *Kein Wunder,* fügt sie missbilligend hinzu.

In meiner Vorstellung drehe ich ihr den Hals um, so dass sie nur unverständliche Silben hervorwürgt, und setze mich in Bewegung. Ich klappe den Seitenständer ein, schwinge mich auf das Rad und trete in die Pedale. Von meiner Position aus beobachte ich, wie er die Taue löst und den Motor anlässt.

Der wird doch nicht ....

„Simon, warte!", brülle ich aus Leibeskräften. Fahrradfahrer und Fußgänger drehen sich zu mir um und ich laufe rot an.

Egal!

Ich muss unbedingt mit ihm reden, selbst wenn ich mich lächerlich mache und er längst nichts mehr von mir wissen will. Dieses Risiko gehe ich ein und wage es um meiner selbst willen.

Yeah, tschakka!

Das ist die neue Ruby!

„Simon!", brülle ich mit viel mehr Inbrunst.

Er starrt mich an, während er zum Ruder hastet und sich zwischen den Booten aus der Anlegestelle manövriert.

Ich höre auf zu treten und mein Herz zieht sich knisternd zusammen wie ein ausgetrockneter Schwamm und bricht an einigen Stellen. Obwohl Simon mein Geständnis noch nicht einmal angehört hat, ergreift er bereits die Flucht vor mir.

Niedergeschlagen bremse ich, bleibe stehen und beobachte Simon dabei, wie er den Hafen verlässt, ohne mich eines weiteren Blickes zu würdigen.

Was jetzt?

Ist das nicht Antwort genug?

Trotzdem spüre ich das innere Bedürfnis, das loszuwerden, was ich ihm zu sagen habe.

Ich schwinge mich erneut aufs Rad, drehe um, strampele Simon hinterher und mein Kampfeswille erwacht. So leicht kommt er mir nicht davon. Ich trampele schneller und schließe zu ihm auf. „Simon!", brülle ich und er gibt Gas.

Ich treibe mich zu höherer Geschwindigkeit an. Schweiß sammelt sich auf meiner Stirn und läuft mir in die Augen. Ich blinzele und wische mir mit einer Hand die brennenden Augen. Entgegenkommende Radfahrer und Fußgänger weichen mir aus und ich überhole viele, die langsamer unterwegs sind als ich. Manche skandieren mit mir seinen Namen, klinken sich in meine Rufe ein und andere wünschen mir viel Glück. Das spornt mich an nicht locker zu lassen und das hier zu Ende zu bringen.

„Simon!", brülle ich abermals und ein Pärchen, das hinter mir fährt, stimmt zum wiederholten Mal in mein Gejohle mit ein.

Simon neigt den Kopf zur Seite und ich stelle mir vor, wie er die blassen Lippen aufeinanderpresst, weil er genervt von mir ist, aber das Wagnis gehe ich ein. Denn hier kommt die neue Ruby, die kein Risiko scheut, um ihr Ziel zu erreichen.

„Er bremst!", kreischt das Paar hinter mir.

In der Tat: Simon drosselt die Geschwindigkeit und ich bremse ebenfalls.

„Viel Glück!", wünscht mir die junge Frau und wirft mir eine Kusshand zu, bevor sie mich mit ihrem Freund überholt und hinter der nächsten Kurve verschwindet. Zu gerne hätte ich mich bei ihr bedankt, aber ich muss mich um etwas Wichtiges kümmern: Meine Zukunft!

„Du nervst!", wirft Simon mir an den Kopf, bevor er das Boot so nah ans Ufer manövriert, damit ich zusteigen kann.

„Das höre ich öfter in letzter Zeit", entgegne ich und grinse.

Er kneift die Augen zusammen, ob vor der blendenden Sonne oder weil er sauer auf mich ist, vermag ich nicht zu beurteilen. Beides spielt eher eine untergeordnete Rolle. Er steht an der Reling, die Hände in die Hüften gestemmt und sieht mich mit einem grimmigen Zug um den Mund an. Augenscheinlich ist er nicht gewillt, mich an Bord kommen zu lassen.

„Also?", fragt er und schaut an mir vorbei den Horizont entlang. Ganz kurz nur beben seine zusammengepressten Lippen, doch ich habe es bemerkt. „Was willst du?" Seufzend richtet er seinen Blick auf mich.

„Ich muss mit dir reden!"

„Ach!", zischt er und verengt die Augen. „Und worüber?" Er klingt zornig und abwehrend.

„Über uns", flüstere ich und mein Mut sinkt.

„Alles ist geklärt!", entgegnet Simon kalt.

„Ist es nicht und ohne, dass wir geredet haben, kann keiner von uns beiden neu anfangen", beharre ich. Verdammt nochmal!

„Du hast eine Entscheidung getroffen. Das ist alles, was ich wissen muss!" Simon starrt an mir vorbei. Habe ich ihn verloren?

„Du wolltest reden! Wie es mit uns weitergeht! Wie ich zu uns stehe!" Das Beben in meiner Stimme kann ich nicht unterdrücken.

„Das war, bevor die ganze Sache eskalierte und du auf Grund falscher Schlussfolgerungen Entscheidungen getroffen hast.“

„Ich musste für das Wohnungsproblem unserer Hausgemeinschaft eine Lösung finden. Wir wären sonst alle auf der Straße gelandet, dank deines Vaters und deiner Verlobten!“ Der Vorwurf flutscht mir über die Lippen, bevor ich es verhindern kann, obwohl mir klar ist, dass Anschuldigungen mich nicht weiterbringen. Ich presse meinen Kiefer aufeinander und starre auf meine Schuhspitzen.

„Katharina ist nicht meine Verlobte und wenn du mir die Chance gegeben hättest dir zu erklären, was Sache ist, dann wäre es zu diesem Missverständnis nie gekommen“, bricht es aus ihm heraus und er zieht die Augenbrauen zusammen. Sein Gesicht spiegelt Schmerz und innere Zerrissenheit wider.

Mir klappt die Kinnlade herunter und ich schlucke hart. „Wie jetzt?“

„Was denn? Überrascht?“ Er stößt einen frustrierten Seufzer aus, hebt die Schultern und lässt sie wieder fallen.

„Tatsache bleibt aber doch, dass ihr uns die Wohnungen gekündigt und uns auf die Straße gesetzt habt.“

„Das ist auf Katharinas Mist gewachsen. Sie will sich unbedingt bei meinem Vater profilieren.“

„Das ändert nichts an der Tatsache, dass du es zugelassen hast und deine Unterschrift unter den Kündigungsschreiben stand."

„Das ist richtig", räumt er leise ein.

Fragend schaue ich ihn an.

„Sie hat mich reingelegt", gibt er zu und hebt resigniert die Schultern.

Ist das die Wahrheit? Ich mustere sein Gesicht und runzele die Stirn.

Offenbar sieht er mir die Zweifel an, denn er startet einen Erklärungsversuch. „Katharina geht über Leichen, um an ihr Ziel zu gelangen", flüstert er und schaut gedankenverloren auf seine nackten Zehen. Scheinbar driftet er in die Vergangenheit, erinnert sich an Ereignisse, die sie betreffen.

Wurde er schon einmal von ihr hereingelegt? Was hat das mit mir zu tun? „Was habt ihr überhaupt mit dem Haus vor?"

„Katharina wollte mich dazu überreden das Restaurant auszubauen", erklärt er und grinst bitter. „Ich bin ihr prominentestes Pferd im Stall", fügt er hinzu.

„Und die Wohnungen?", hake ich nach.

„Du lagst mit deiner Vermutung gar nicht so falsch. Tatsächlich werden sie saniert und teurer an neue Mieter verschachert. Der ehemalige Eigentümer hat es Katharina für wenig Geld überlassen, weil er die Investition, die eine Sanierung erfordert hätte, nicht stemmen konnte. Außerdem kann sie sehr überzeugend sein!"

Ich nicke. Mit unserem derzeitigen Arrangement in der Villa meines Vaters sind alle mehr als zufrieden.

„Ich bin froh, dass es so gekommen ist", flüstere ich.

Fragend sieht er mich an. Ich erzähle ihm, was in der Zwischenzeit geschehen ist, von der Aussprache zwischen mir und meinem Vater, unserer neuen Hausgemeinschaft und dem Erbe.

„Das freut mich für euch", sagt er leise, lässt den Kopf hängen und sein Gesichtsausdruck drückt so viel Einsamkeit aus, dass mein Herz sich zusammenkrampft und es mich drängt, ihn in die Arme zu schließen.

„Und du so?", krächze ich.

Er zuckt die Achseln und sieht mich wehmütig an.

Denkt auch er an das, was hätte sein können?

Ich schaue auf das glitzernde Wasser der Maas hinaus, auf die Segelboote, die an uns vorbeischippern und denke an den Nachmittag, den ich auf diesem Boot verbracht habe.

„Das Restaurant läuft", antwortet er nüchtern und wendet sich von mir ab.

„War es das jetzt?", frage ich, denn mir wird klar, dass er das Gespräch nicht in die Richtung lenken wird, die mir vorschwebt. Kurzerhand nehme ich das selbst in die Hand, denn zu fallen ist nicht mehr mein Problem. Ich bin bereit, wieder aufzustehen.

Er stockt kurz und setzt dann zögernd seinen Weg fort.

„Simon!", rufe ich. „Rede mit mir!"

„Meine Redezeit ist beendet!", entgegnet er, tritt hinter das Ruder und startet den Motor.

Ehe ich mich versehe, klettere ich an Bord. So einfach kommt er nicht davon. Ich will klare Verhältnisse.

Seufzend dreht er sich zu mir um und sieht mich resigniert an. „Wir haben alles besprochen!"

Abwartend mustert er mich und dann das E-Bike, das einsam am Uferrand steht. „Was ist mit dem Rad?" Er nickt grob in die Richtung, lässt mich jedoch nicht aus den Augen.

Ich zucke die Achseln, begleitet von einem Laut, der die unausweichliche Tatsache unterstreicht, dass ich nicht eher von Bord gehe, bis ich mein Ziel erreicht habe. „Darum kümmere ich mich, wenn wir uns ausgesprochen haben."

Er hebt eine Augenbraue. „Es ist alles gesagt!" Demonstrativ wirft er einen abschließenden Blick auf mein Rad und kurbelt am Ruder. „Letzte Chance von Bord zu gehen!", sagt er. Ich rühre mich nicht vom Fleck.

„Also schön, wie du meinst." Er lenkt das Boot vom Ufer weg und fädelt sich in eine Lücke in den Bootsverkehr ein.

Ich stehe an der Reling und werfe einen wehmütigen Blick auf das E-Bike, das ich nicht einmal abgeschlossen habe.

„Du hast es so gewollt!", kommentiert er das sich entfernende Rad und setzt ein süffisantes Grinsen auf.

„Was ist bloß los mit dir?", explodiere ich. „Ich will nur mit dir reden."

„Sind wir über dieses Stadium nicht schon weit hinaus?", fragt er.

Verständnislos sehe ich ihn an. „Wie meinst du das?"

„Warum bist du hier?", fragt er zurück.

„Um ein klärendes Gespräch mit dir zu führen", wiederhole ich.

„Und darum machst du dich auf den weiten Weg hierher, kaperst ungefragt mein Boot und lässt das Rad im Nirgendwo stehen?" Er lenkt in eine einsame Bucht und ankert mitten auf dem Wasser.

Keine Chance für mich, von dem Boot zu entkommen, und auf einmal sind die Vorzeichen umgekehrt. Jetzt bin ich in Erklärungsnot.

„Warum bist du hier?", fragt er abermals, macht den Motor aus und kommt auf mich zu. Bedrohlich funkeln seine sich verdunkelnden Augen und er knurrt wie ein Panter auf Beutezug.

Ich weiche zurück, doch weit komme ich nicht. Nach wenigen Zentimetern stoße ich mit den Oberschenkeln an die Reling.

„Warum bist du hier?", fragt er gefährlich leise und fixiert mich aus zu Schlitzen verengten Augen.

Hektisch suche ich nach einem Fluchtweg, aber auf diesem Boot gibt es nichts, wohin ich mich flüchten kann. Und dann steht er vor mir, die Hände rechts und links von mir auf die Reling gestützt, so dass ich zwischen seinen Armen gefangen bin und ihm nicht mehr ausweichen kann.

„Ich wiederhole diese Frage gerne so lange, bis ich eine vernünftige Antwort bekomme."

„Was willst du denn hören?", brülle ich.

„Die Wahrheit!", antwortet er bedrohlich leise. „Ich warne dich!", knurrt er.

Blitzschnell lege ich ihm meine Hände in den Nacken, ziehe seinen Kopf an mich und küsse ihn, intensiv, wild, besitzergreifend. Ich rücke ein wenig ab und starre ihn herausfordernd an. „Wovor?", flüstere ich.

„Ich schätze, du hast eine ganze Lebenszeit, das herauszufinden." Ernst sieht er mir in die Augen.

Wild galoppiert mein Herz in meiner Brust und ich schlucke. „Die Herausforderung nehme ich an.", entgegne ich leise und er zieht mich in eine die Welt ausschließende Umarmung, in der nur wir beide existieren.

Danksagung

Am Ende bedarf es vieler helfender Hände, bis ein Buchprojekt geboren ist.

Mein besonderer Dank gilt:
Meinem Mann Jogi, der unermüdlich darum bemüht ist, dass ich während der intensiven Schreibphasen nicht verhungere und verlottere.

Meiner Tochter Lena für ihre stetigen Aufmunterungen, die einem Rettungsseil gleich mich aus tiefsten Phasen des Zweifelns hervorziehen, und dafür, dass sie den Geheimcode Social Media für mich entschlüsselt, wie keine Zweite.

Meinen Testlesern Svenja Froning, Nathalie Friedrichs und Gabi Pfaff, die mit viel Liebe zum Detail die Handlung und den Text auf Herz und Nieren geprüft und mit ihren wertvollen Anmerkungen dafür gesorgt haben, dass dieses Buch veröffentlicht werden kann.

Triggerwarnung:

Dieses Buch enthält potenziell triggernde Inhalte.

Diese sind:
Tod eines Familienmitglieds
Psychische Erkrankung

Wassenbergkrimis von J.J. Eater

Blutiger Bergfried
Mörderischer Gondelweiher
Waldsee – grenzenlose Gier
Der Seelenwandler
Böse